Honoré de Balzac

Annette
et le Criminel

Tomes 1-2

ISBN : 9783967870336

10 9 8 7 6 5 4 3 2 1

Honoré de Balzac

Annette et le Criminel

Tomes 1-2

Table de Matières

TOME PREMIER.

PRÉFACE.

Mes chers Lecteurs, dans la préface du Vicaire des Ardennes, *je vous avais sollicités de protéger mes petites opérations de littérature marchande ; mais, hélas ! malgré votre bienveillance, une rafale, un coup de mistral, a renversé un édifice que le pauvre bachelier croyait avoir bien construit. Après avoir travaillé nuit et jour, comme un forçat pour exciter vos larmes en faveur du* Vicaire des Ardennes, *la justice est venue le saisir au moment où il obtenait quelque petit succès qui me mettait à l'aise : mon pauvre libraire a crié, et peu s'en est fallu que je ne me crusse obligé de lui donner de quoi se rafraîchir le gosier, si je ne m'étais souvenu que la pauvre gent des auteurs ressemble à Cassandre que l'on trompe toujours. Hélas ! la moitié, la plus belle moitié de l'édition du* Vicaire *a été anéantie sous le pilon qui a broyé l'*Histoire philosophique des Indes *et l'*Émile ; *cette pensée m'a consolé, car puisque mon ouvrage était criminel, il n'y a rien à regretter, et je n'ai plus qu'à me féliciter de cette ressemblance d'un pauvre petit opuscule avec ces grands monuments, d'autant plus, qu'en conscience, je dois rendre hommage au bon cœur de mes juges qui ont eu pitié du pauvre bachelier ; ils ont rogné les ongles de la déesse quand elle a fait tomber sa main sur moi, si bien que je ne l'ai presque pas sentie, et je leur dois grande reconnaissance. N'allez pas, mes chers lecteurs, me croire devenu ministériel, d'après ce sincère éloge de la magistrature ; d'abord mon éloge ne vaudrait rien pour ces Messieurs, car, de commande, il y en a tant qu'on en veut ; au lieu qu'être remercié de cœur par un auteur saisi, c'est une chose rare : on ne se quitte presque jamais sans rancune avec dame Justice.*

Aussi est-ce sur ce sujet que roulera ma préface, car je n'ai qu'elle pour parler de moi (et Dieu sait comme j'aime à en parler, puisque je suis à peu près seul de mon bord) ; en effet, il y a longtemps que j'ai annoncé cette suite du Vicaire des Ardennes ; *et alors, plusieurs personnes m'ont fait l'honneur de me demander comment il pouvait y avoir une suite à un ouvrage à la fin duquel presque tous les personnages se mouraient ; à cela, je leur répondais, quand j'étais entrepris par mes hypocondres, que cela ne les regardait pas encore ; et, quand j'étais de bonne humeur, je leur disais en riant que mon ouvrage n'en serait que plus curieux pour les âmes charitables qui me font l'hon-*

neur insigne de lire successivement les vingt lignes de chaque page de mes œuvres demi–romantiques, *car un honnête homme se tient toujours à une juste distance des modes nouvelles.*

Mais en vous offrant cette suite curieuse autant que véridique, j'ai quelques précautions oratoires à prendre.

D'abord, après avoir lu cet éloge des magistrats, quelques méchantes gens, mes ennemis sans doute (car un ciron en a), pourraient prétendre que j'ai changé d'opinion, et que la saisie a opéré une salutaire réforme dans ma tête, et ils s'en iront disant : « Ah ! n'ayez peur qu'il ne fronde quelque chose ! ah ! il ne raillera plus rien ; il a reçu sur les doigts ; il n'y aura plus rien d'intéressant dans ce qu'il écrira : adieu ce qu'il nous a promis ! » Oh ! messieurs, je vous prie de ne pas les écouter, car je vous promets, bien que je sois dans mon année climatérique, dans l'année qui arrive tous les sept ans, et pendant laquelle tout change chez nous, année qui a bien servi souvent de prétexte aux ministériels de toutes les époques qui, à chaque quart de conversion qu'ils faisaient, se prétendaient dans leur année climatérique, je vous jure que je n'en continuerai pas moins mon chemin comme par le passé, et, entre nous soit dit, je crois que le Centenaire et la Dernière Fée *l'ont bien prouvé.*

Cependant, vous, messieurs, qui m'avez si galamment obligé, ne pensez pas que je veuille en rien brûler la politesse à la loi sur la presse. Avant comme après ma saisie, je n'ai jamais eu l'intention d'être un brouillon ni un séditieux ; et, sans être père de famille, je tiens à ce que le bon ordre ne soit troublé en rien : j'aime que la nuit les réverbères soient allumés ; je n'ai jamais empêché un agent du nettoyage d'enlever les boues ; je me dérange lorsque la troupe passe, et je tire mon chapeau, range ma canne quand j'aperçois un homme à la grenade bleue. D'ailleurs, un jeune bachelier, qui demeure à l'Isle-Saint-Louis, rue de la Femme sans tête, ne sera jamais un séditieux. Il en coûte trop cher de dire à l'État ce qu'on pense sur sa marche, pour qu'Horace St-Aubin s'expose à publier ses opinions comme le fit jadis Tristram Shandy.

Moi, quelle est ma tâche ? C'est d'aller à la messe le dimanche à Saint-Louis et d'y payer mes deux chaises sans rien dire à la jeune personne qui reçoit mes deux sous, quoiqu'elle soit bien jolie ; de monter ma garde à ma mairie, de payer mes 8 francs 75 centimes d'imposition, et de faire mes romans les plus intéressants possibles, afin d'arriver à la célébrité et de pouvoir payer le prix d'un diplôme de licencié en droit ; du reste, je n'ai nulle envie de trouver mauvais qu'on soit gouverné aristocratiquement, et de m'insurger, surtout avec ma pauvre canne de bambou et mes deux poings. Non, non, Horace Saint-Aubin est trop sage pour se fourrer dans de telles bagarres, d'autant plus qu'on n'ira jamais le chercher pour le faire conseiller d'état, chose qui lui irait comme un gant, car à qui cela ne va-t-il pas ? Ah ! si j'étais une fois conseiller d'état, comme je dirais au Roi, et en face encore : « Sire, faites une bonne ordonnance qui enjoigne à tout le monde de lire des romans !… » En effet, c'est un conseil machiavélique, car c'est comme la queue du chien d'Alcibiade, pendant qu'on lirait des romans on ne s'occuperait pas de politique ; alors je me garderai bien de dire cela, car ce n'est pas dans ma manière de penser, et, dans ce propos, l'intérêt général était sacrifié à l'intérêt personnel : c'est ce qu'il ne faut jamais faire qu'en secret.

Or donc, cette préface est pour prier les personnes qui liront l'ouvrage ci-contre, de ne pas croire, d'après certains passages, que c'est une amende honorable que j'ai faite en le composant : ces passages et les sentiments que je donne à mes personnages sont nécessaires à l'intérêt du roman, comme les incidents et les aventures que l'on a trouvés condamnables dans le Vicaire, l'étaient à l'intérêt de ce roman en lui-même. Ma faute a été, dans la chaleur de la composition, de ne pas m'être aperçu du danger ; mais, cette fois, comme les fils de mon intrigue ne sortent que d'une bonne toile, il n'y aura pas de crainte à avoir, et j'espère que le lecteur me rendra la justice de croire que je n'ai été guidé que par le désir de lui offrir un ouvrage aussi intéressant qu'il est permis à un jeune bachelier de le faire.

Autre avis non moins important, c'est que, pour concevoir l'espèce de difficulté que j'avais à surmonter et pour bien juger de l'ouvrage, il faut absolument connaître les antécédents de la vie du principal personnage de ce tableau, et il faut pour cela avoir lu le Vicaire des Ardennes ; néanmoins cette production n'en est pas moins un roman tout à part, et, comme il n'est pas facile de lire un roman saisi et anéanti, j'ai jeté assez de jour sur les personnages tirés du Vicaire des Ardennes pour qu'il n'y ait aucune obscurité, et qu'une personne, qui me ferait l'honneur de lire cet ouvrage seul, y prît de l'intérêt et y trouvât satisfaction. J'ose dire que cet ouvrage offrira de plus le mérite d'une autre difficulté vaincue, plus grande que les lecteurs ne sauraient l'imaginer, et qui ne peut être guère appréciée que par les auteurs eux-mêmes.

En général, l'on ne se tire d'affaire dans la composition d'un roman que par la multitude des personnages et la variété des situations, et l'on n'a pas beaucoup d'exemples de romans à deux ou trois personnages restreints à une seule situation.

Dans ce genre William-Caleb, le chef-d'œuvre du célèbre Godwin, est, de notre époque, le seul ouvrage que l'on connaisse, et l'intérêt en est prodigieux. Le roman d'Annette ne contient, de même que dans William, que deux personnages marquants, et l'intérêt m'en a semblé assez fort, surtout au quatrième volume ; mais j'en dis peut-être plus que la modestie, qui convient à un pauvre bachelier, ne le comporte ; je m'arrête donc…

Alors je n'ai plus qu'à finir en sollicitant la plus grande indulgence pour un homme qui s'est toujours annoncé pour savoir faiblement sa langue ; et en effet, quand on n'a bu au vase des sciences que dans le collège de Beaumont-sur-Oise, et que l'on y a fait sa rhétorique sous feu le père Martigodet, on ne doit pas espérer de brillants succès ; mais le hasard est une si belle chose, que l'on peut bien un matin jeter son bonnet en l'air, faire craquer ses doigts, et se croire du talent tout comme un autre ; on en est quitte pour faire comme le bonnet, c'est-à-dire par retomber.

Là-dessus, je souhaite à ceux qui ont des vignes, de faire de bonnes vendanges ; à ceux qui ont des métairies, de bonnes moissons ; aux notaires, des successions ; aux avoués, des ventes ; aux vicaires, des cures ; aux curés, des évêchés ; aux évêques, des chapeaux ; aux cardinaux, le ciel ; à chacun, ce qu'il désire ; aux boiteux, de belles béquilles ; aux sourds, des cornets ; aux aveugles, d'y voir clair, etc., etc. Ne voulant ainsi que du bien à tout le monde, j'espère que personne ne me voudra du mal, et que mon roman aura du succès, sinon… hé bien,… j'en ferai un autre, qu'est-ce que je risque ? ce n'est jamais que quelques sous d'encre, de plume, de papier et de cervelle qu'il m'en coûte ; et encore, si mon roman ne se vend pas comme chose gentille, il se débitera comme opium, ainsi j'y vois bien des chances de succès, surtout après avoir imploré tout le monde : mais si quelqu'un trouvait qu'il y a peu de dignité à cela, prenez que je n'ai rien dit, ce sera tout un.

Cela étant, j'ai l'honneur d'être, Monsieur, Madame, ou

Mademoiselle, votre très humble serviteur, présentant mon salut au Monsieur, mon hommage à la Dame et quelque gracieuseté à la Demoiselle, pourvu qu'elle ait trente ans au moins, quarante ans passe encore ; mais davantage, oh ! cette gracieuseté se tournerait en un profond respect !

H. ST-AUBIN

CHAPITRE Ier.

Monsieur Luc-Joachim Gérard entra en qualité de sous-chef à l'administration des droits réunis, aussitôt que cette branche du service des contributions fut organisée ; et on aura sur-le-champ une première idée fort claire du caractère de M. Gérard, en annonçant qu'en 1816 il était encore sous-chef à la même administration.

Alors il comptait vingt-neuf ans de services consécutifs, qu'aucun chef de bureau de pensions n'aurait pu lui disputer, car M. Gérard eut toujours le soin de tenir ses certificats en règle, et nulle administration ne possédait d'employé aussi exact et aussi minutieux.

Depuis l'an 3 de la république, M. Gérard avait adopté un costume dont il ne se départit jamais, et tous les matins à neuf heures trois quarts les habitants de la vieille rue du Temple voyaient passer l'honnête sous-chef, marchant le même pas, portant un chapeau *à la victime* et un gilet jaune, un pantalon et un habit couleur marron arrangés avec une telle symétrie, que jamais l'habit non plus que le gilet ne se dépassaient l'un l'autre, et l'on ne reconnaissait les limites du pantalon et de l'habit que par une chaîne d'acier, au bout de laquelle la clef de la montre avait pour compagnon un petit coquillage blanc tacheté de brun.

Dans les premiers temps de son union avec mademoiselle Jacqueline Servigné, madame Gérard mettait la tête à la croisée, et suivait des yeux *son Gérard* jusqu'à ce qu'elle l'eût perdu de vue ; mais cette attention conjugale était tombée en désuétude au temps que nous avons à peindre, et si quelqu'un regardait alors par la croisée, ce ne pouvait être qu'Annette Gérard, la fille unique, l'enfant chéri de ce chaste couple, qui avait, vingt ans durant, cheminé dans le même sentier, sans avoir jamais nui à personne, ni cherché à couper à droite et à gauche les branches de ses voisins pour se faire un fagot d'hiver : c'était la crème des bonnes gens du quartier, les héros de la bonhomie et les plus anciens locataires de leur maison ; jamais le propriétaire n'aurait conçu la pensée de les en chasser : ils en étaient les piliers protecteurs.

Arrivé à son bureau, de temps immémorial, M. Gérard mettait son habit marron dans une armoire, et prenait le dernier habit marron auquel il avait accordé les invalides, en le consacrant au service du bureau. Là, il était au centre de son existence, car il avait fini par se faire un véritable plaisir des occupations de sa place, et l'or de la séduction, l'espoir d'avancer, ne lui auraient pas fait donner le pas à un dossier ou à une affaire sur d'autres. Il avait l'amour de son état, et ses papiers, ses cartons, étaient rangés avec une grosse élégance, avec une rigide propreté, qui sentaient *l'artiste* bureaucrate.

Satisfait d'exercer son empire par des circulaires sur les tabacs, et par les commissions dont il chargeait ses garçons de bureau, il n'avait point d'ambition, ne comprenait jamais ce que c'était qu'une intrigue ; et, durant tout le temps qu'il siégea sur son fauteuil en bois de chêne peint en acajou, couvert en maroquin qu'il avait vu de couleur verte, et à clous dorés, il n'eut jamais d'ennemis, connut quelques amis, et servit toujours d'autel conciliatoire aux partis divers, pour lesquels il était comme une borne, placée au milieu de l'arène qu'on se partageait.

Il avait sur la figure son caractère écrit : deux grands yeux bleus bien ronds, un visage aussi rond que ses yeux, le front sans aucune saillie, le nez gros par le bout et nul à sa racine, les lèvres épaisses et faciles à garder la même expression, qui tenait le milieu entre un rire complaisant et une grimace de bonté un peu niaise ; enfin, ses cheveux étaient toujours collés contre les tempes et formaient deux boucles éternelles au-dessus de son front. Il ne connut jamais la folle dépense de déjeuner à son bureau : du moment qu'il eut sa place il accoutuma son estomac à aller de neuf heures à quatre heures sans rien prendre ; et, pendant que les employés déjeunaient, il lisait le journal.

Ce fut en 1817, après avoir déposé le journal des Débats sur le bureau du chef, qu'il trouva une lettre venant du bureau du personnel. Le pauvre homme avait alors trente ans de services : il ouvrit la lettre fatale, et, après l'avoir lue, il lui prit un éblouissement comme à un homme qui voit un précipice. Dans cette lettre il se trouvait l'objet de l'attention spéciale de M. le directeur général des contributions indirectes, qui lui donnait le conseil de demander sa retraite, attendu que sa présence à l'administration devenait inutile et même impossible, en ce que son fauteuil n'était pas assez large pour le contenir, lui et M. De la Barbeautière, ancien receveur des droits du grenier à sel de Brives-la-Gaillarde.

Quel coup de foudre !… À peine le père Gérard eut-il annoncé ce qui lui arrivait que tous les employés du bureau accoururent, et chacun, l'entourant, s'écria : « Pauvre père Gérard !… » L'ex-sous-chef, en voyant les marques de l'intérêt qu'on lui témoignait, fut attendri et serra la main de ses employés. Tous faisaient une véritable perte, car nul doute que M. De la Barbeautière ne serait pas aussi indulgent que son prédécesseur, et ne s'aperçût de tout ce que le bon Gérard palliait. En effet, si quelque jeune homme arrivait à midi, ou restait quelques jours sans venir. « Faut que jeunesse s'amuse !… » disait Gérard au Chef. Si quelque surnuméraire pliait sous la besogne, le sous-chef l'aidait de sa longue expérience.

Aussi chacun lui promit de s'occuper avec activité du règlement de sa pension, et lui tint parole. Pour le pauvre bonhomme, il était étendu sans force devant son bureau, n'osant regarder ses cartons et ses papiers, et gémissant sur sa vie future et sur un coup aussi imprévu. M. Gérard croyait toujours être sous-chef, comme un mourant croit qu'il doit toujours vivre.

Vers quatre heures, après avoir bien réfléchi à tout le vide qu'il allait trouver dans l'existence, après avoir songé à la réduction que cette retraite opérerait dans ses dépenses, après avoir calculé de quelle manière il apprendrait cette nouvelle à madame Gérard et à sa chère Annette, un furet de surnuméraire qui s'était glissé au Personnel, vint lui apprendre qu'on lui accordait une indemnité préliminaire de six mois de traitement. Cette nouvelle jetait quelque baume sur la plaie, et le père Gérard faisait déjà l'emploi de cette somme en la consacrant au voyage que sa femme méditait depuis vingt ans, voyage tant de fois désiré et tant de fois remis, lorsque tout-à-coup, un coup terrible fut porté au père Gérard : la porte s'ouvre, et un Monsieur, d'une quarantaine d'années, au visage sec, un peu hâve, habillé tout en noir, ayant une queue disposée en crapaud et des cheveux bien poudrés, entra et s'annonça pour être M. De la Barbeautière. À l'aspect de son successeur, et en en comparant la maigreur à l'honnête rotondité qui emplissait son pantalon brun, M. Gérard jeta un regard de compassion sur ses papiers et ses cartons que son successeur avait l'air d'avaler d'une seule bouchée, et, lui montrant le fauteuil, il n'eut que la force de lui dire : « Monsieur, voilà… ; » et il n'acheva pas, implorant, par un regard, le secours du Chef de bureau. Ce dernier installa la Barbeautière ; et Gérard, après avoir salué tout le monde, se retira le cœur navré, avec la ferme croyance que tout irait à mal aux droits réunis, et que l'on mettait toutes les administrations de France à feu et à sang en les livrant à des inconnus.

Ce fut ainsi qu'il chemina à travers les rues de Braque, du Chaume et des Quatre-Fils, vers le second étage du numéro 131 de la vieille rue du Temple, où l'on n'était guère prévenu de la fatale nouvelle. L'appartement était composé d'une antichambre modeste, d'un salon à deux croisées, ensuite duquel était la chambre conjugale avec son cabinet, car l'appartement d'Annette se trouvait séparé par l'antichambre, et elle couchait dans une jolie pièce parallèle au salon : la cuisine était au-dessus, et, en regard de la cuisine, il y avait un autre logement occupé par M. Charles Servigné, neveu de madame Gérard et cousin d'Annette.

Ce jeune homme, âgé de vingt-sept ans, était fils d'un commissaire de police à Paris : il avait fini son droit, comptait *parvenir*, et brûlait d'être l'époux d'Annette, aussi était-il presque toujours chez M. Gérard qui le voyait avec plaisir. Ce jeune homme avait été grandement obligé par la famille Gérard pendant le temps qu'il faisait ses études et son droit à Paris : c'était une chose toute simple puisqu'il était leur parent ; néanmoins si l'on réfléchit à la modicité de la fortune de M. et Mme Gérard, on conviendra que ce n'est pas une chose ordinaire que d'avoir, pendant huit ans, un jeune homme presque tous les jours à sa table, et de l'aider souvent en mainte et mainte occasion.

Charles était de Valence, patrie de sa tante, Mme Gérard. Son père mourut de bonne heure à Paris, et sa veuve, trop pauvre pour y vivre, s'en retourna à Valence avec une fille, en laissant Charles aux soins de sa tante. Madame Gérard le mit au lycée en payant souvent les quartiers de sa pension, car madame veuve Servigné n'était pas assez riche pour en faire les frais à elle seule. Elle se saignait bien pour envoyer de temps en temps quelques petites sommes insuffisantes, mais les bons Gérard achevaient le reste pour procurer une belle éducation à leur neveu. Charles fut donc élevé avec Annette, et dès leur enfance ils eurent l'un pour l'autre beaucoup d'amitié ; cette amitié fut du côté d'Annette, la tendresse d'une sœur pour son frère ; et du côté de Charles Servigné, un penchant décidé : de manière qu'à l'âge de dix-huit ans, Annette pouvait bien se croire de l'amour pour Charles, et Charles pour Annette. Quand Charles sortait jadis du collège, Annette et la domestique allaient souvent le chercher ; elle avait été la confidente de ses chagrins et sa protectrice auprès de son oncle et de sa tante.

Charles ayant compris de bonne heure l'ordre social, avait vu qu'il n'y aurait jamais de ressources pour lui que dans sa science et l'intrigue ; aussi avait-il fait d'excellentes études. Le hasard le servit même bien : il possédait un bel organe, une figure assez heureuse, mais où un observateur aurait remarqué peu de franchise, beaucoup d'ambition, et les plus heureuses dispositions pour sa profession d'avocat : une langue dorée, une manière insidieuse et complaisante d'envisager les choses, une logique serrée mais facile à tout justifier, le travail prompt, la conception vive, enfin un de ces caractères dont on ne peut comparer la souplesse qu'à celle de l'eau qui se glisse dans toutes les sinuosités d'un rocher en en prenant les formes, également propre à couler sur un sable fin et à menacer de son écume les abords d'une montagne, à ravager une prairie comme à la féconder.

En ce moment ils étaient réunis tous les trois et attendaient M. Gérard pour dîner. Madame Gérard, femme d'une cinquantaine d'années, respectable, et n'ayant pour tous défauts que ces petits travers par lesquels nous devons tous payer notre tribut à l'imperfection, était vêtue dans son genre comme son mari dans le sien : un bonnet de tulle brodé, orné de fleurs artificielles, lui enveloppait la figure en se rattachant sous le menton ; un faux tour, exactement frisé de même depuis dix ans, cachait quelques rides, et une redingote à collet montant et de mérinos rouge ou bleu, composaient sa toilette. Elle était assise devant une table à ouvrage et raccommodait, à l'aide de ses bésicles, les bas de M. Gérard, tandis qu'Annette, de l'autre côté, ourlait un mouchoir à son cousin qui marchait à grands pas dans le salon, les bras croisés et parlant assez haut.

— Je vous assure, ma tante, disait-il, que mon oncle a eu grand tort de ne pas retirer de la chancellerie les pièces dont il avait appuyé sa demande pour obtenir la croix de la légion d'honneur, car il s'y trouve des certificats constatant que le citoyen Gérard a offert un cheval à la convention, et l'habillement de trois gardes d'honneur à S. M. l'ex-empereur ; et au moment où l'on va épurer toutes les administrations, si quelqu'un de la chancellerie trouve ces renseignements, pour peu qu'il ait quelque cousin à placer, il fera facilement passer mon oncle pour un jacobin et un bonapartiste… avec cela la pendule que voici (*et il montrait la cheminée du salon*) a un aigle !

— Ah ! s'écria Mme Gérard, cet aigle y est depuis 1781 ; nous avons acheté cette pendule à la vente du duc de R.

— Cela ne fait rien, ma tante, vint-il du mobilier du roi, cela n'en est pas moins un oiseau prohibé ! et dans les circonstances où nous sommes il faut de la prudence ; un moine doit chanter plus haut que son abbé ; or, quand nous avons été chez M. de Grandmaison, le chef de division, avez-vous remarqué que mademoiselle Angélique, sa fille, a fait enlever les abeilles qui entraient dans cette ruche d'acajou, dont le dessus lui sert de pelote, et dont l'intérieur forme une boîte ?

— Ah ! s'écria Annette, j'entends les pas de mon père, et elle courut ouvrir elle-même la porte de l'appartement.

M. Gérard entra l'air décomposé, il déposa sa canne à sa place habituelle, plaça son chapeau sur le piano de sa fille, s'assit sur un fauteuil, et, lorsqu'il y fut, chacun, silencieux, attendit ce qu'il allait dire avec une espèce de terreur, car tous ses mouvements avaient été empreints de cette douleur profonde que l'on rejette dans chaque geste, comme si l'âme voulait la secouer. M. Gérard, trop abattu, gardait le silence.

— Qu'as-tu, mon Gérard ? dit sa femme.

— Ah ! qu'as-tu, mon petit père ? dit Annette.

— Qu'avez-vous, mon bon oncle ? s'écria Charles. Tout cela fut prononcé en même temps, et tous trois regardèrent M. Gérard.

— Je suis destitué !… répondit-il d'une voix faible ; ainsi, ma pauvre Annette, plus de leçons de piano ; ainsi, ma femme, plus de voyage à Valence ; ainsi, Charles, il faudra penser à te faire un sort plus vite que je ne le comptais ; et, du reste, fions-nous à la providence qui n'a pas laissé la veuve et l'orphelin sans secours.

— Mon père, dit Annette en embrassant M. Gérard, que rien ne soit changé : avec ma dentelle je pourrai gagner beaucoup ; quant au piano, j'étudierai toute seule en me levant plus matin ; quant au diplôme de mon cousin, j'ai des petites économies !... vous aurez une retraite, hé bien, nous n'en serons que plus fixes, et vous n'aurez plus à trembler pour votre place.

— Charmante enfant !... s'écria le vieillard.

— Qu'est-ce qui est nommé à votre place ? demanda le jeune homme avec une vive curiosité ; le connaissez-vous ?...

— C'est un M. De la Barbeautière !... répondit Gérard avec un geste d'humeur. À ce nom Charles parut étonné, mais personne ne s'en aperçut.

— Notre voyage à Valence sera donc encore remis ?... dit madame Gérard en regardant Annette, et nous ne pourrons pas revoir mon pays.

— Nous examinerons cette affaire là quand ma pension sera réglée, répondit M. Gérard.

Dès ce moment l'ex-sous-chef prit une manière de vivre qui combla à peu-près le vide opéré par son défaut d'occupation. Le lendemain de sa destitution, il se leva encore à la même heure, s'habilla et partit pour son bureau ; ce ne fut qu'à moitié chemin qu'il se rappela qu'il n'était plus employé : il aurait volontiers offert de travailler gratis, mais Charles Servigné lui trouva des occupations qui le ravirent de joie.

En effet, dès lors le père Gérard ajouta à son costume un parapluie, et il s'en allait tous les matins aux audiences pour écouter plaider : il devint tellement assidu et si connu que, souvent, dans les affaires importantes, les concierges lui gardaient sa place. De l'audience, il se rendait aux cours publics et écoutait les professeurs, entendait quelquefois plusieurs cours de chimie, éprouvait une véritable satisfaction à voir M. G. discuter sur la valeur de tel mot grec, et M. A. sur tel mot français : il courait, comme au feu, à toutes les expositions gratis de tableaux et d'objets d'arts. Il ne manquait jamais les cérémonies publiques, l'ouverture des chambres, les séances ; et, lorsque tout cela lui faisait défaut, il allait observer dans les ventes comment les marchands poussaient ce que les bourgeois veulent acheter, et comment ils s'entendaient entr'eux : il revoyait vingt fois les tableaux au musée, les animaux empaillés du muséum, les travaux publics, la parade à midi au château, et il disposait sa journée pour toutes ces choses là comme un homme d'affaires pour ses rendez-vous.

Ainsi, s'il rencontrait un ami, il s'empressait de le quitter en lui disant : « Il faut que je sois à midi au collège de France et à trois heures au Palais ; » ou bien, si on le voyait faire faction à l'un des guichets des Tuileries, il répondait : « j'attends la sortie de tel ou tel prince. »

Mais le comble de sa joie était lorsqu'il y avait aux Champs-Élysées quelque belle partie de boule : il suivait les joueurs et les boules avec une ardeur sans égale, et cependant une aventure fâcheuse le priva de ce spectacle. En effet, un jour qu'il était en sueur pour avoir couru avec deux joueurs intrépides, il se trouva que le jeu avait été si animé que toute la galerie ambulante avait fini par déserter : le père Gérard vint seul contre Marbeuf avec les deux virtuoses ; un coup difficile à décider survint, et les deux joueurs, s'en rapportant à l'avis du père Gérard, il arriva qu'il fut obligé d'avouer qu'il ne savait pas le jeu, de manière qu'il n'osa pas retourner au carré du jeu de boules.

Pendant qu'il s'amusait ainsi, on régla sa pension d'une manière avantageuse, si bien qu'avec son indemnité, les arrérages de sa pension, les économies de sa femme, celles de sa fille, et l'emploi de son capital, il se trouva posséder, sa pension comprise, autant de revenu que lorsqu'il avait sa place. Alors il renonça à aller avec sa femme à Valence, et il fut convenu qu'elle irait avec Charles et Annette aux vacances prochaines, si, d'ici-là, on économisait assez pour fournir aux dépenses d'un voyage d'un si long cours, pour lequel Mme Gérard s'apprêtait, comme s'il se fût agi de passer l'équateur. Le père Gérard, qui n'était jamais sorti de Paris, ne se soucia nullement de se hasarder à un tel péril à son âge, et il devait, pendant l'absence de sa femme, se mettre en pension chez une voisine pour plus d'économie.

CHAPITRE II.

Annette, dont il a été question dans le chapitre précédent, était une jeune fille de dix-huit à dix-neuf ans ; Mme Gérard, sa mère, l'avait nourrie elle-même, parce que, dans le temps où elle accoucha d'Annette, M. Gérard s'était hasardé à lire *l'Émile* de Rousseau, dont les principes triomphaient alors. Annette fut donc toujours élevée sous l'œil de sa mère et selon les principes du philosophe genevois : ainsi elle ne fut pas emmaillotée, son corps ne fut comprimé par aucun lange, et le sang des Gérard coula, comme bon lui sembla, dans les veines d'azur qui nuançaient la peau d'Annette.

Mme Gérard, étant née dans le midi, avait cette piété aveugle qui reçoit tout sans raisonner. Sans être méchante et acariâtre, elle était d'une dévotion achevée et remplissait toutes les obligations imposées par l'église avec une rigidité exemplaire : elle ne s'informait jamais de la conduite des autres, ne jugeait point sur les apparences, ne croyait qu'au bien, ne se mêlait de gouverner qui que ce fût au monde, et ne s'inquiétait que de son âme et de celles dont elle se croyait responsable devant le Seigneur.

Ainsi, Annette fut élevée par un jeune abbé marseillais dans les salutaires principes de la foi chrétienne ; et, de bonne heure, elle fut accoutumée à ne jamais manquer à se rendre à la grande messe, à vêpres, complies, etc. Néanmoins le jeune abbé avait une âme grande, ambitieuse, une de ces âmes enfin qui ne doivent rien concevoir de petit ; il était chrétien par conviction et non par grimace ; aussi, voyait-il dans les prières d'habitude autre chose que des mots lancés dans l'air : il entendait le principe religieux à la manière de Fénelon et de Mme Guyon, et leur extase profonde, leur anéantissement devant un principe infini, formaient le fonds de sa doctrine.

Cette religion plut beaucoup à l'âme d'Annette ; et, de bonne heure, mit, dans son caractère, une élévation sourde et cachée qui ne pouvait se montrer qu'aux observateurs les plus attentifs, ou dans les plus grandes circonstances. Dans la vie privée et insignifiante que menait Annette, on la voyait simple, unie, attentive à plaire, bonne à tout le monde et orgueilleuse parfois de cet orgueil qui n'agit point sur les choses d'apparat.

Son cousin, Charles Servigné, qui l'aimait, lui apporta, le jour de sa fête, un présent : c'était une montre de femme, et le bijou était assez précieux : Annette, rouge et presque fâchée, lui jeta sa montre, et, prenant une fleur du bouquet de son cousin, elle la garda avec une espèce de culte.

M. De Montivers, l'abbé qui dirigea avec complaisance son éducation, lui donna une instruction de femme : il lui laissa lire tous les bons auteurs de notre littérature et les plus fameux des littératures étrangères ; il permit d'aller au théâtre voir représenter les bonnes pièces de nos grands auteurs, et prit un véritable plaisir à instruire Annette sommairement sur tous les points, de manière à ce qu'elle pût remplir son rôle de femme dans telle condition que le sort voulût la placer. Marchande, elle aurait été une femme active, prudente, soumise ; mariée à un homme ambitieux, elle l'aurait poussé vers les grandeurs ; simple bourgeoise, elle se serai conformée à sa situation médiocre ; femme d'un grand, elle aurait paru dans un éclat nullement emprunté ; et comme un arbre à peine remarqué dans la forêt, devenu vaisseau, elle aurait marché sur la mer en souveraine.

Néanmoins M. De Montivers ne put empêcher Annette d'être un peu superstitieuse et craintive, aimant la recherche et l'élégance plus qu'il n'est permis à un chrétien qui doit mépriser toutes les superfluités de la terre. Elle avait même un attrait, une grâce et des manières de femme, qui l'auraient fait prendre pour une jeune personne pleine de coquetterie, si on ne l'eût pas connue parfaitement.

Cependant Annette Gérard, toujours simplement vêtue, aimée de son cousin, ne cherchait pas à faire ressortir tous ses avantages, comme les parisiennes en ont l'habitude : elle n'était même pas belle, mais elle avait une de ces figures que l'on ne voit pas avec indifférence. Sa physionomie était spirituelle, et néanmoins annonçait plus de génie de femme que d'esprit ; ses traits manquaient de régularité : sa bouche était grande mais personne ne serait resté froid en voyant son sourire, l'expression de ses yeux de feu et la singulière beauté qui résultait de l'accord de sa chevelure noire avec un front d'une blancheur d'herbe flétrie ; blancheur que les Grecs exprimaient d'un seul mot et dont un de leurs empereurs a porté le surnom. Cette couleur rare est l'indice de la mélancolie jointe à la force, mais une force qu'il faut encore distinguer, en ce qu'elle ne se montre que par éclairs.

À l'âge où était Annette, elle ignorait elle-même son caractère et vivait dans une étonnante simplicité d'existence. Travailler à côté de sa mère, partager son temps entre l'église et ses occupations de femme, voir dans son cousin un époux sur le bras duquel elle s'appuierait pour faire route dans le chemin de la vie, se maintenir dans une pureté extraordinaire de pensée et d'action, réaliser l'idée d'une sainte, telle était en peu de mots l'histoire de sa conduite. Elle n'avait en perspective rien de ce qu'on appelle dans le monde, des plaisirs ; car, imitant la rigidité sainte de sa mère, elle n'avait été que rarement au spectacle, et regardait ce divertissement comme une souillure, dont chaque fois elle s'était empressée de se purifier. Enfin, ne portant sa disposition à la grandeur que dans sa manière d'envisager le principe religieux, et suivant la pente de l'esprit des femmes, qui court toujours à l'extrême, elle avait fini, à l'époque où nous sommes, par tomber dans la doctrine sévère des catholiques purs, qui vivent comme des solitaires de la Thébaïde.

Cette grande pureté qu'elle avait dans l'âme, et dont on doit avoir rencontré plus d'un exemple parmi les jeunes filles de cette classe de la bourgeoisie, Annette la supposait dans tous les cœurs : mais aussi, par cette croyance touchante, elle était portée à donner à une action, simple en apparence, pour un autre, une extrême importance ; à juger un être sur un mot, sur une action, une pensée ; et, tout en le plaignant, lui retirer son cœur. Ainsi on aurait pu lui dire mille fois que son cousin Charles Servigné était comme tous les jeunes gens de Paris, courant après le plaisir, et d'autant plus que, par sa modique fortune, sa pauvreté même, il lui était interdit d'y songer ; que le prix de la dentelle qu'elle faisait avec tant de peine, en se levant si matin, et qu'elle lui donnait servait à quelques parties dont il est difficile qu'un jeune homme se prive, Annette n'en aurait rien cru ; il n'en serait même pas entré dans son âme un seul soupçon contre son cousin ; mais que Charles Servigné eût manifesté quelqu'action, que sa conduite manquait de pureté et de droiture ; s'il eût été assez maladroit pour le faire apercevoir à sa cousine, Annette, après quelques avis sages, aurait été éloignée de lui, par lui-même, et pour toujours, sans cesser de l'obliger.

Depuis qu'elle avait trouvé le moyen de gagner quelqu'argent avec sa dentelle, elle s'était fait un bonheur de n'être plus à charge à son père, et elle avait pu satisfaire ses goûts sans crainte et sans reproche. Sa modeste chambre était même devenue trop élégante pour la fille d'un sous-chef : ce petit appartement donnait dans l'antichambre, comme on a pu voir dans le chapitre précédent ; par conséquent, il se trouvait dans l'angle de la maison qui, par hasard, faisait le coin de la vieille rue du Temple avec la rue de l'Échaudé ; de manière qu'elle avait l'une de ses croisées sur la vieille rue du Temple et l'autre sur celle de l'Échaudé ; mais comme les deux appartements du bas étaient d'une très médiocre hauteur, ses croisées ne se trouvaient pas à plus de vingt pieds du sol des deux rues, si bien qu'un homme monté sur une voiture aurait pu atteindre à son balcon.

Ces détails, nécessaires pour l'intelligence de ce qui suivra, doivent faire connaître la maison parfaitement : or ce petit appartement d'Annette était tenu avec une propreté d'ange ; elle souffrait rarement qu'on y entrât, et sa mère, tout au plus, en obtenait la faveur. Cette pièce quarrée était ornée d'un tapis bien simple, mais toujours net et comme neuf ; les croisées avaient des rideaux de mousseline qu'elle broda de ses mains, et que, sans faste, elle avait attachés, par des anneaux, à un bâton doré, de manière qu'ils flottaient à grands plis : les meubles étaient de noyer, mais recouverts d'étoffes de soie blanche : tout autour de l'appartement, des jardinières étalaient le luxe des fleurs charmantes, et c'était là la plus grande dépense d'Annette : hiver comme été, il lui fallait des fleurs ; et, lorsque la nature faisait défaut, elle avait des fleurs artificielles légèrement parfumées. Sa couche virginale était dérobée à tous les yeux par des rideaux doubles de mousseline et, chez elle, aucun meuble parlant ne s'offrait aux yeux en apportant quelqu'idée malséante. Du plafond pendait une coquille d'albâtre qui, la nuit, jetait une lueur vaporeuse, la cheminée était de marbre blanc, et ornée d'albâtres.

Dans ce séjour de la virginité, on respirait un air de sainteté qui saisissait l'âme ; un doux esprit semblait vous murmurer que rien d'impur ne devait entrer là : on y était tranquille et on jouissait de soi-même sans distraction : il eût été difficile de décider si c'était un lieu de recueillement, ou un lieu de récréation et de plaisir. L'âme d'Annette paraissait voltiger autour de vous, en parlant ce langage de pureté qui décore le discours d'une telle jeune fille.

Depuis la destitution de son père, cette charmante enfant se levait à quatre heures du matin, et jusqu'à huit heures, consacrait ce temps à faire une superbe robe de dentelle dont la duchesse de N... lui avait donné le dessin. Elle espérait la vendre assez cher à la duchesse, pour pourvoir payer l'impression du savant ouvrage sur lequel son cousin comptait pour obtenir une grande célébrité et marcher à la fortune, et cette robe devait payer aussi leur voyage à Valence. Sachant que le duc de N... protégeait Charles, elle espérait pouvoir lui faire parler par la duchesse, et cette recommandation, jointe aux mérites de son cousin, devait le faire avantageusement placer au moment où l'on organisait l'ordre judiciaire, et que de grands changements allaient s'y opérer par suite des derniers événements de 1815.

Le cœur lui battait à mesure qu'elle avançait : enfin, un matin, elle courut porter à la duchesse la robe demandée, et elle en reçut un prix inespéré. Quelle joie et quel moment pour elle ! quand, arrivant à déjeuner à l'instant où, réunis autour de la table de famille, tous commençaient à s'inquiéter de sa course matinale, elle entra, s'assit, et rougissant de bonheur, elle dit à Charles : « Charles, voici tout ce qu'il te faut : et nous, voici pour notre voyage !... » Elle le dit avec cette simplicité et cet air de satisfaction qui doublent le prix de ces sortes de demi-bienfaits que les honnêtes gens appellent des *devoirs*, et elle crut en tirer mille fois trop de salaire quand on lui fit raconter à quelle heure elle se levait et comment elle travaillait, et que le bon père Gérard fut étonné de n'avoir jamais rien entendu, lui qui s'éveillait si matin pour faire sa barbe et lire son journal.

Charles ne tarda pas à jouir du succès qu'il attendait, et le duc de N... lui témoigna, d'après cet effort de talent, assez d'amitié pour qu'il lui fût permis d'espérer d'être bientôt nommé à quelqu'emploi dans la magistrature amovible, celle qui offre le plus de chances aux ambitieux, en ce qu'il y a plus d'occasions de servir le pouvoir. Alors il jura à Annette que toute sa vie il se souviendrait de ce bienfait, et qu'il lui vouait une tendresse que rien ne pourrait étouffer.

— Oui, chère cousine, lui disait-il les larmes aux yeux, vous pouvez compter que je n'aurai pas de relâche que je ne me sois rendu digne de vous ; ce n'est pas assez de l'union que nous avons formée dès notre jeune âge, votre mari saura payer les dettes du cousin, et savoir si bien faire une honorable fortune, que vous soyez à la place où vous appellent vos talents et vos vertus.

— Cela ne mérite pas tant de reconnaissance, et je serais malheureuse, Charles, si je devais votre amour à une si faible chose.

Pendant cette scène, le père Gérard serrait la main de sa femme, et sentait quelques larmes dans ses yeux en regardant Annette.

Un mois après, madame veuve Servigné écrivit à Charles qu'elle était sur le point de marier sa sœur à laquelle elle donnait en dot la maison de commerce de mercerie qu'elle avait été forcée d'entreprendre pour vivre à Valence, et que c'était l'occasion, ou jamais, de venir avec sa tante et sa cousine à Valence.

Cette fois le voyage fut irrévocablement fixé sans aucune remise, et le père Gérard vit avec plaisir que le reste du prix de la robe de dentelle suffirait aux frais du voyage. On mit donc dans une bourse les huit cent trente francs d'Annette, et il fut décidé que le 1er juin l'on partirait pour la Provence. Annette combattit longtemps pour que l'on ne partît que le 2 ; mais, quand on la força d'en dire la raison et qu'elle avoua que c'était à cause du vendredi qui tombait le 1er juin, on se moqua d'elle, et M. Gérard insista pour cette époque.

La veille du départ, madame Gérard fit venir la voisine à laquelle elle confiait son pauvre Gérard, et elle lui tint ce discours : « Ma chère madame Partoubat, ayez soin de ne jamais donner du veau à M. Gérard, car, voyez-vous, cela le dérange au point que, lorsque j'ai le malheur de le laisser aller dîner en ville et qu'il en mange, hé bien, ma voisine, pendant quinze jours… (*Ici madame Gérard baissa la voix et parla à l'oreille de sa voisine.*)

— Oh ! c'est bien particulier ! s'écria la voisine ; je n'aurais jamais imaginé cela !… c'est étonnant !… je savais bien que le veau sur certains estomacs produisait (*La voisine parla à l'oreille de madame Gérard.*) mais je n'aurais jamais cru qu'il causât… Ah ! ma voisine !…

— C'est comme je vous le dis, reprit madame Gérard.

— Ah ! ma voisine, soyez tranquille, il ne mangera que du mouton.

Le feu que la voisine mit à prononcer cette phrase inquiéta madame Gérard qui, toute dévote qu'elle était, regarda madame Partoubat d'un air inquisiteur : elle eut un instant peur de confier son Gérard en des mains assassines, mais elle continua :

— Ne souffrez pas non plus qu'il sorte sans mettre du liège dans ses souliers et sa noix dans la poche de son habit : faites en sorte qu'il se couche toujours à huit heures, et qu'il ne se permette aucun excès comme de boire de la bière, ou prendre une demi-tasse, quand il va voir jouer au billard au *café Turc*. Emmenez-le bien à la messe le dimanche, car quelquefois il fait l'esprit fort et ne va qu'à une messe basse : au surplus, ma voisine, je suis parfaitement bien tranquille avec vous.

— Oh ! ma voisine, vous pouvez voyager sans crainte ; M. Gérard sera chez moi absolument comme s'il était avec vous.

Cette phrase ne calma guère les soupçons de madame Gérard qui s'en remit à Dieu et à sa sainte protection.

Là-dessus, M. Gérard, sa canne, son parapluie, etc., furent remis ès-mains de la voisine avec un cérémonial presque pareil à celui dont on a dû user pour remettre une de nos places fortes à la garde de nos alliés.

Le lendemain matin, M. Gérard n'avait garde de manquer d'accompagner sa famille aux diligences de la rue Montmartre, car il n'avait pas encore eu le coup-d'œil du départ des diligences, et il s'en faisait une petite fête qui compensait ce que l'adieu à sa femme pouvait avoir de douloureux. On discuta longtemps la question de savoir si l'on irait à pied, mais Annette ayant sagement fait observer que leurs effets coûteraient plus qu'une course à faire porter par deux commissaires, la famille s'emballa avec les paquets dans un fiacre, et l'on arriva dans la cour de l'hôtel de l'entreprise des messageries royales.

La diligence contenait neuf personnes dans la caisse du milieu ; et, attendu que l'on avait retenu les premières, Annette, sa mère et Charles se mirent au fond, laissant les six autres places à ceux qui devaient arriver ; alors M. Gérard, qui furetait partout, vint leur apprendre qu'il n'y avait plus que trois personnes. L'heure de partir était déjà passée, et un militaire licencié sans pension, un peu plus mécontent que ne le porte l'ordonnance, faisait grand tapage en exigeant que l'on partît sur-le-champ, lorsque l'employé du bureau vint lui dire que c'était une demoiselle et sa femme de chambre que l'on attendait, et que le beau sexe demandait toujours un peu d'indulgence.

Au bout d'un gros quart d'heure arriva un brillant équipage aux chevaux gris pommelés, couverts d'écume ; l'on entendit une voix flûtée, montée à trois tons plus haut qu'il ne le fallait, et qui gémissait de la cruauté des horloges. Une jeune femme descendit avec un oreiller élastique et mille choses comme un voile vert, un éventail magnifique, des flacons, etc. : c'était la femme de chambre.

— N'est-ce pas une horreur d'être obligées de voyager par une diligence ? disait la petite voix flûtée ; quelle persécution ! comment ? mais c'est une infamie ! enfin, il faut bien s'y soumettre, et vous verrez qu'ils me feront payer une amende : adieu...

Cet adieu fut dit d'une voix plus douce, plus tendre : malgré les efforts que fit le père Gérard, Charles et le militaire, pour avancer leurs têtes, il leur fut impossible de voir quel était le monsieur qui se cachait dans un des coins de la brillante voiture.

— Allons dépêchez-vous, disait l'employé, nous avons attendu.

— Mais, répondit-elle d'une voix en fausset, vous êtes fait pour cela mon cher.

— Non, madame, dit de sa grosse voix l'officier décoré, nous ne sommes pas faits pour cela.

— Monsieur, répliqua-t-elle en montrant une des plus jolies et des plus belles figures qu'il fût possible de voir, je ne disais pas cela pour vous !... Elle monta lestement et de manière à ce que l'on pût voir une jambe moulée, un pied très petit et des formes charmantes. Annette rougit en les apercevant.

— Ah ! quelle horreur ! s'écria l'inconnue, en restant sur le marchepied, je suis sur le devant ! mais c'est impossible, M. l'Employé, venez donc voir...

À ce moment, le postillon, la croyant montée, fouetta ses chevaux ; elle fut jetée sur le devant, et la voiture partit, la portière tout ouverte : aux cris aigus que l'inconnue poussait, on arrêta ; le conducteur, sans l'écouter, ferma la portière, et la voiture marcha d'autant plus vite qu'il y avait un quart d'heure et demie de retard.

— Ah ! dit l'inconnue en prenant une pose intéressante et clignotant ses yeux, je me trouve mal ! je ne saurais aller en arrière !... Justine, criez donc au conducteur d'arrêter ! J'aime mieux courir le risque d'aller en poste et d'être découverte, que de rester dans cette maudite voiture !

Alors, la compatissante Annette dit à Charles d'offrir sa place à la jeune et belle inconnue, qui l'accepta avec reconnaissance, en jetant au bel ami d'Annette un sourire protecteur rempli d'une certaine bienveillance. Lorsqu'elle fut assise au fond, elle poussa encore quelques plaintes sur l'odeur effroyable de la voiture ; et, sur-le-champ, vida un flacon d'eau de vanille distillée ; elle chercha une position commode, fit signe à Justine qu'elle était assez bien placée ; le militaire remua la tête en signe de dédain, et l'on traversa Paris au grand galop.

CHAPITRE III.

L'intéressante voyageuse avait fort bien remarqué l'expression du mépris que le militaire manifesta, et elle s'en vengea en ne faisant aucune attention à lui, et prodiguant au contraire les marques de sa protection à Charles.

C'est ici le lieu de faire observer que Charles Servigné était bel homme et bien tourné ; nous avons dit que sa contenance prévenait en sa faveur, alors il n'y avait rien d'étonnant à ce que l'inconnue remerciât avec un air très gracieux celui qui venait de lui céder sa place pour un voyage aussi long : mais les regards dont elle accompagna son discours, l'air dont elle regarda Charles, déplurent singulièrement à Annette, tandis que la rougeur dont le front du jeune avocat se colorait, et le feu qui animait ses yeux, annoncèrent qu'il était toute joie de plaire à la belle voyageuse, dont la beauté ravissante éclipsait la pauvre Annette comme un lis éclipse une violette.

Mademoiselle Gérard jeta un coup-d'œil à Charles ; et, ce coup-d'œil de la vertu impérieuse, sans lui déplaire, le gêna, en le faisant rentrer en lui-même. L'étrangère, qui paraissait fine comme la soie et accoutumée à de pareilles rencontres, s'aperçut de ce jeu muet des yeux des deux cousins, et parut se faire un malin plaisir de les désunir ; et, pour que son plaisir fût plus vif, elle chercha à acquérir la certitude de leur tendresse mutuelle.

— Ce sont vos enfants, madame ? demanda-t-elle avec une exquise politesse et un son de voix charmant à madame Gérard.

— Non, madame, répondit la bonne femme qui aimait assez à

causer, c'est un cousin et une cousine que nous marierons bientôt.

— Et monsieur est votre fils ?...

— Non, madame, c'est mademoiselle qui est ma fille.

— Vous ferez un charmant ménage !... s'écria l'étrangère d'une voix réellement séduisante et en les regardant l'un après l'autre, de manière à lancer à Charles des regards de côté qui semblaient le provoquer.

Charles, que sa cousine regardait fixement, n'osait se hasarder à contempler cette sirène charmante : il rougissait comme un enfant, et, quoiqu'il eût eu plusieurs aventures, il avait tout l'air d'une novice qui n'est jamais sortie de son couvent.

Cette rougeur, cet embarras, étaient, pour l'inconnue, un langage plus délicieux cent fois que les éloges les plus outrés ; et voyant une foule d'obstacles défendre ce jeune homme, son imagination cherchait déjà à les vaincre.

De son côté, Charles, à l'aspect de la richesse et de l'élégance des vêtements de l'étrangère, en examinant ses manières, quoiqu'elles fussent affectées et eussent un peu de liberté, pensait que la dame faisait partie de la haute société. L'équipage qui l'avait amenée, la défense qui lui était faite d'aller en poste, et sur laquelle elle ne s'était pas expliquée, tout confirmait cette opinion et alors l'attention qu'elle lui accordait le flattait singulièrement.

Par instants, lorsqu'Annette quittait les yeux de dessus lui, il contemplait la voyageuse avec un plaisir d'autant plus grand qu'il était comme défendu, et que l'inconnue baissait ses paupières avec une complaisance charmante, et le regardait ensuite d'une telle manière, qu'il était impossible à Charles de ne pas s'imaginer une foule de choses, de ces choses que pense un jeune homme, et nous ne les expliquerons pas, pour cause.

Parfois le jeune homme s'aperçut que la dame prenait plaisir à le voir ; alors il s'enhardit au point de la regarder à son tour, sans s'inquiéter de ce que les yeux d'Annette lui disaient. Il n'y avait pas un mot de proféré, et cependant ces trois êtres comprenaient tout ce qui se passait dans leurs âmes encore mieux que s'ils eussent parlé.

Annette, pleine de finesse, jugea que si elle avait l'air de se contrarier de l'attention de Charles pour l'étrangère, la pente de l'esprit humain le conduirait à chercher à plaire à la voyageuse ; alors elle les laissa se parler des yeux tant qu'ils voulurent et ne regarda plus son cousin : mais comme on cherche à défendre ce qui nous appartient, et qu'Annette, d'après son caractère, devait être la plus jalouse des femmes, elle inventa une véritable ruse de femme. Elle commença par prétendre qu'elle était mal dans son coin, et elle offrit à la dame de prendre sa place.

La dame, qui connaissait la jalousie d'Annette, d'après le dépit qu'elle avait manifesté en ne regardant plus Charles, ne concevait rien à cette manœuvre de la jeune fille ; car Annette, en offrant son coin, mettait précisément sa rivale en face de son cousin, et si bien, que leurs genoux se touchèrent et que leurs pieds furent comme entrelacés. Annette feignit de ne rien voir de ce secret manège, et elle se mit à parler bas à sa mère. « Ma chère maman, lui dit-elle, vous seriez infiniment mieux au milieu puisque vous ne dormez jamais en voiture, et j'aurais la tête appuyée à droite au lieu de l'avoir à gauche comme tout à l'heure.

Au premier relais Annette changea avec sa mère, de manière que madame Gérard fut à côté de l'étrangère. Ce fut alors que les desseins d'Annette commencèrent à paraître dans toute leur étendue, et sa rivale fut étonnée de la politique profonde que la jeune fille avait déployée pour une si petite chose.

— Mon cousin, dit-elle avec un intérêt extraordinaire, oh ! comme vous rougissez et pâlissez par instants ! seriez-vous incommodé ?

— Non, ma cousine, je suis très bien, je vous assure.

Quelques instants après, Annette, saisissant l'instant où Charles rougissait, dit à sa mère : « Voyez donc comme Charles rougit, je suis sûre qu'il n'ose pas nous dire qu'il ne peut pas aller sur le devant ; moi, cela ne me fait rien, et même je serais mieux dans son coin, j'aurai la tête absolument comme je l'ai là, et de plus je verrais bien plus de pays à la fois !... Tu verras, ma mère, que si c'est moi qui lui dis de venir prendre ma place, il ne le voudra pas, parce que je dois être sa femme et qu'il aurait l'air de m'obéir. »

À l'autre relais, madame Gérard, convaincue que Charles rougissait, exigea qu'il vînt à la place d'Annette, et la jeune fille prit celle de son cousin d'un air de triomphe. Charles était sur le même rang que la dame, dans le fond, et il en était séparé par Mme Gérard. Ils ne pouvaient plus ni se toucher ni se voir, et Annette les embrassait à la fois du même coup-d'œil : elle jeta un regard de supériorité sur l'étrangère, celle-ci se mordit les lèvres, jura de rendre la pareille et de se venger d'Annette. Charles, de son côté, éprouvant du mécontentement de la conduite de sa cousine, ne lui parla point et s'entretint avec l'inconnue.

Quand on s'arrêta pour dîner, il descendit le premier et offrit sa main en tremblant à la voyageuse qui le remercia par un gracieux sourire : ce sourire lui parut d'un bon augure et il semblait lui promettre beaucoup. Charles, après avoir conduit Annette et sa mère dans la salle de l'auberge, demanda au conducteur le nom de cette dame : alors le conducteur, tirant sa feuille, lui fit voir qu'elle était inscrite sous le nom de mademoiselle Pauline. À ce nom, le vieux militaire dit à Charles : « C'est une actrice du théâtre de **** ; » et il fit un tour à droite en lançant à Charles un regard qui signifiait : « Jeune homme, prenez garde !… »

Alors le conducteur, se penchant à l'oreille de Charles étonné, lui dit avec un air de mystère : « C'est la maîtresse du duc de N. *** ; elle voyage sous un faux nom et sans passeport, car il lui est interdit de prendre ce congé-là : voilà pourquoi elle a été forcée de voyager par la diligence. M. le duc l'a conduite ce matin, lui-même, à la voiture, dans son équipage : ils étaient venus la veille retenir les places. Le conducteur s'éloigna.

Ce discours fut pour Charles un trait de lumière : il eut comme une révélation, et vit, dans ce voyage, le moyen d'arriver à la fortune et à une place brillante s'il pouvait plaire à Pauline et l'intéresser. Il rentra, et, loin de se mettre à côté de sa tante et d'Annette, il s'empara avec avidité de la chaise qui était à côté de l'actrice, et Pauline, à son tour, regarda Annette en lui rendant l'air de supériorité par lequel la jeune fille l'avait comme humiliée.

Annette, confuse pour son cousin, lui jeta un regard empreint d'une douleur véritable : il n'osa pas le soutenir et baissa les yeux en feignant de ne pas la voir. Tout le temps du repas, il ne parla ni à sa tante ni à sa cousine ; il chuchota avec l'actrice, et leurs discours parurent très animés : en effet, Charles voulut briller par sa conversation, et brilla : il fut spirituel, parut passionné, l'était même ; et, à la fin du repas, la courtisane habile lui marcha sur le pied pour le faire taire et lui donner à entendre que dès lors ils étaient d'intelligence et qu'il fallait mettre autant de soin à le cacher qu'ils avaient mis d'empressement à se chercher et à se lier l'un l'autre.

Ils sortirent ensemble et parlèrent longtemps dans la cour. À peine Charles avait-il quitté Pauline, qu'en se retournant il vit venir Annette ; elle était calme et pleine de dignité. « Charles, dit-elle, je ne suis pas contente de vous. »

— Ma chère cousine, répondit-il, j'ignore en quoi je puis vous déplaire.

— En voilà assez, … répliqua-t-elle avec bonté.

On monta en voiture, et Annette dut être bien contente de Charles, car il fut empressé auprès d'elle et de sa mère, ne dit pas un mot à Pauline qui, de son côté, lui jeta par fois des regards de dédain, et s'entretint constamment avec sa femme de chambre. Annette fut rayonnante de joie et dupe du manège de l'actrice ; elle chercha à dédommager Charles des soupçons qu'elle avait conçus, en étant affectueuse, expansive avec lui, et revenant par mille choses gracieuses à l'amitié qu'elle avait semblé abjurer un instant.

Quand on descendit à onze heures du soir pour souper et se coucher, Charles laissa l'actrice descendre toute seule, et ne parut en aucune manière faire attention à elle : à table, il se plaça à côté d'Annette à laquelle il prodigua ses soins, il fut même d'une tendresse qui aurait dessillé les yeux à toute autre qu'à Annette, et qui même fit sourire le vieux militaire.

Le lendemain matin, quand on se mit en route, Charles se mit dans son coin, et parut à Annette accablé de fatigue : en effet, il dormit d'un profond sommeil. Le vieux militaire le regardait avec un air moqueur et semblait rire de l'actrice qui, à chaque instant, se penchait pour voir Charles, et surmontait son propre sommeil pour veiller sur lui, sans pouvoir étouffer, dans ses regards, un sentiment vainqueur de sa dissimulation. Annette finit par s'apercevoir du manège de ce vieux militaire qui s'était placé à côté d'elle, et un pressentiment terrible la fit frémir.

— Mademoiselle a sans doute peu dormi, dit le malin colonel, car elle a les yeux bien abattus et la figure fatiguée.

— C'est le voyage, répondit-elle d'un air de dédain.

— Alors, reprit-il, nous serons privés à Valence du plaisir d'applaudir votre admirable talent, car ce soir vous serez encore bien plus fatiguée, et vous n'avez guère de temps à rester dans votre patrie.

— C'est vrai, répliqua-t-elle sèchement.

— Oh ! il y a des grâces d'état, ajouta malignement le rusé militaire avec un sourire moqueur.

Pauline, vaincue par la fatigue, s'endormit bientôt ainsi que sa femme de chambre. Alors Annette, que les paroles du militaire avaient singulièrement alarmée, lui demanda bien timidement : « Monsieur, oserais-je vous demander quelle espèce de talent possède cette dame ? »

— C'est une actrice !... répondit le colonel.

À ce moment Charles murmura bien faiblement le nom de l'actrice, mais avec un accent qui jeta dans l'âme d'Annette une glace presque mortelle ; il se fit en elle une révolution terrible, et elle regarda le militaire d'une manière qui lui inspira de l'effroi et de la pitié.

— Mademoiselle, dit-il tout bas, j'avais averti votre cousin par un mot, mais on ne peut pas empêcher les folies de la jeunesse. Écoutez-moi ? je suis père, et j'ai une fille presque aussi aimable et aussi vertueuse que vous me paraissez l'être ; je serais fâché de lui donner un *Caton* pour mari ; mais si un jeune homme qu'elle dût épouser lui donnait le spectacle d'une faute, et qu'elle ne pût pas croire son mari le plus vertueux des hommes, j'aimerais mieux me brûler la cervelle que de lui donner un époux dont elle connaîtrait les aventures de jeunesse ; ainsi je crois devoir vous dire que votre cousin n'est plus digne de vous.

Annette versa quelques larmes. « Mais comment le savez-vous ?... dit-elle. »

— Tenez, répliqua le colonel, (*il tira de son sein et remit à Annette une bourse bien connue ; cette bourse contenait le reste des huit cent trente francs en or que la jeune fille avait consacrés au voyage de Valence.*) vous pouvez dire hardiment à votre cousin que vous êtes entrée ce matin à quatre heures dans sa chambre et qu'il n'y était pas ; que vous avez trouvé...

— Je ne dirai point cela !... s'écria Annette avec horreur.

— Et que ferez-vous pour le confondre ?... demanda le militaire.

— Rien !... dit Annette. Hélas ! murmura-t-elle, nous sommes partis un vendredi, jour de malheur ; et, dans ce fatal voyage, vous verrez que ce ne sera pas le seul fâcheux événement dont je serai la victime.

En ce moment on était sur le point de descendre une montagne, lorsque l'on entendit le bruit d'une voiture qui paraissait aller extrêmement vite ; ce bruit, dans la situation d'âme où était Annette, retentit dans son cœur en le faisant battre comme de peur ; elle craignait tout la pauvre petite !… C'était une calèche très élégante et légère qui semblait voler : elle passa comme un éclair, et Annette frémit en la suivant des yeux, car elle lui vit descendre, au grand galop, une côte presqu'à pic : elle s'intéressait aux personnes que contenait le char, comme on plaint les passagers d'un bâtiment qui périt ; mais, en voyant la brillante calèche atteindre le bas de la montagne, elle rentra dans la voiture, tranquille sur leur sort.

Tout-à-coup elle entend un choc terrible, les chevaux poussent un gémissement lamentable, des voix confuses crient au secours, alors Annette effrayée, regardant avec précipitation, ouvrit par sa brusquerie la portière qui n'était pas bien fermée, tomba à terre sans se faire de mal, et courut avec rapidité au secours des malheureux qui venaient de tomber dans une fondrière, car il lui fut impossible de retenir cet élan d'humanité qui remplit le cœur à l'aspect de l'infortune.

CHAPITRE IV.

Annette fut bien vite auprès de la calèche ; et, sur le bord d'un rocher, apparut comme un ange aux deux messieurs qui gisaient au fond d'un ravin.

Le postillon n'était pas blessé, les deux inconnus en étaient quittes pour des contusions ; mais les roues de leur calèche étaient brisées à ne s'en pas servir.

Annette, tout émue, leur demanda s'ils n'avaient pas quelque blessure sérieuse : les deux inconnus restèrent dans l'étonnement le plus profond en apercevant, sur le bord de ce rocher et sur une route qu'ils venaient de voir déserte, une jeune fille, les cheveux épars, en robe blanche, et inquiète comme si elle eût eu quelques droits sur eux. Ils la regardèrent avec surprise sans lui répondre, et Annette ne put soutenir le regard singulier de l'un d'eux : elle sentit en elle-même quelque chose d'indéfinissable à son aspect, et, tout honteuse de se voir seule, elle rougit et se retira. Alors la diligence arriva, les voyageurs s'empressèrent de descendre et d'aider au postillon à dégager deux chevaux qui restaient vivants, car les deux autres avaient été écrasés : après avoir tout arrangé, l'on remonta les deux inconnus sur la route.

Celui qui avait si fort frappé Annette regarda la calèche, et vit que les deux essieux étaient tellement brisés, qu'il devenait impossible de continuer leur route avec cette voiture : il tira alors sa bourse, donna quelqu'argent au postillon en lui recommandant de garder la calèche et de la faire raccommoder, disant qu'à son premier voyage il la reprendrait.

Cette affaire étant terminée, il monta dans la diligence avec son compagnon, après avoir repris les effets de la calèche, et notamment un portefeuille assez grand auquel il parut donner l'attention que l'on a pour une chose précieuse.

— J'aurais, dit-il après être remonté, j'aurais voulu passer de jour le bout de la forêt de Saint-Vallier, car on dit qu'il y a des voleurs en ce moment, et il ne nous manquerait plus que cela pour avoir eu tous les accidents qui puissent fondre sur des voyageurs. »

En entendant ce discours, la pauvre Annette serra dans son sein l'or qui lui avait coûté tant de peine à acquérir, et dont chaque pièce représentait des heures entières passées dans l'occupation fastidieuse de tirer lentement l'aiguille : elle fit ce mouvement machinalement, car son cœur était rempli d'une douleur profonde que l'aspect de Pauline et de son cousin renouvelait à chaque instant.

— Vous avez été heureux, messieurs, dit Pauline, sur cent personnes qui verseraient ainsi, la moitié, et beaucoup de l'autre moitié, y aurait péri.

Les inconnus ayant répondu par un signe de tête, personne ne fut tenté de renouer la conversation.

Alors chacun se mit à regarder avec curiosité les nouveaux venus, ainsi que cela se pratique, et cet examen se fit en silence. Celui qui paraissait le maître, et l'était en effet, pouvait avoir trente-cinq ans, mais il paraissait atteindre la quarantaine par la nature de ses traits : il était très basané, un peu gros, petit, l'œil plein d'une énergie étonnante et d'une assurance prodigieuse.

Il était habillé tout en noir, malgré la saison : le luxe de son linge et le diamant énorme qui décorait sa chemise, annonçaient un homme très opulent. Une chose qui saisissait tout d'abord, c'était un air de majesté répandu sur sa figure, dans ses traits, et qui indiquait un homme né pour le commandement, et qui a en effet commandé. Ses gestes, en harmonie avec la conscience qu'il avait de sa supériorité, ne détruisaient point l'illusion, et il régnait, dans sa pose et ses manières, dans ses traits et le contour de sa bouche, des indices d'une force qui sentait en quelque sorte la férocité : il aurait pu, comme l'aigle, déchirer sa proie ; mais, comme le lion, il aurait su pardonner.

Cet homme offrait le singulier assemblage d'un front qui contenait de la bonté et de la grandeur même, avec une tournure qui, dans l'ensemble, avait quelque chose de dur. Un physionomiste, d'après sa bouche, l'aurait jugé un être dépourvu de sensibilité ; un autre, à l'aspect de ses yeux, y aurait vu cette vaste conception, cette grandeur, qui ne machinent rien de bas, et qui, dans un crime, ne commettent rien que de nécessaire, sans égorger, comme le tigre, pour le seul plaisir de se baigner dans le sang. Il y avait, dans cette tête bizarre, accès à la sensibilité, et tout à la fois la faculté de la refouler en lui imposant silence : à Rome, l'inconnu aurait été le Brutus qui tua ses enfants ; à Sparte, Léonidas ; et, comme Thémistocle, il se serait empoisonné plutôt que de marcher contre sa patrie : comme Pierre Ier, il aurait fait assassiner sous ses yeux les révoltés, mais, comme lui, il aurait aidé l'enfant timide à sortir du cercle fatal, en écartant les poteaux de l'enceinte où l'on égorgeait les Strélitz et les familles des seigneurs insurgés. Enfin, la nature l'avait taillé en grand : ses épaules étaient larges, sa tête grosse comme celles que l'on désigne dans les arts sous le nom de *têtes de Satyres ;* ses cheveux crépus et noirs se frisaient d'eux-mêmes en annonçant la force, et ses muscles saillants, ses contours, sa barbe fournie, ses favoris épais, indiquaient une force de corps prodigieuse. En effet, quand il s'assit sur la banquette du milieu et qu'il posa sa main sur le dossier, il semblait, qu'en pressant, il lui eût été possible de briser ce qu'il touchait ; ses mains étaient d'une grosseur étonnante, et, quoique couvertes de gants blancs, elles paraissaient habituées à soulever des masses.

Son regard pénétrant allait droit à l'âme, et l'aspect de ce singulier être imprimait à l'imagination un certain ordre de pensées : c'est-à-dire que l'on n'attendait rien que d'extraordinaire et d'imprévu de son caractère, et l'on appliquait à sa figure les idées que l'on conçoit de certains hommes historiques, dont on se trace un portrait idéal. Il remplissait l'âme toute entière, et l'on ne pouvait pas le voir avec indifférence ; il fallait ou l'admirer ou détourner la tête avec répugnance.

Sa voix forte avait de la rudesse ; il régnait peu de poli dans ses manières, et l'on voyait qu'il devait avoir fait la guerre, car ce n'est qu'à la longue que les militaires perdent ce qui les distingue des autres hommes, diagnostique qui reste indéfinissable et échappe à l'analyse.

Après que chacun eut observé l'étranger et pris plus ou moins de ces idées sur son compte, on examina son compagnon, et l'on s'aperçut qu'il régnait une singulière amitié entr'eux. Le second était grand, sec, maigre, nerveux, et il aurait paru avoir un grand caractère de fixité s'il n'eût pas été à côté du premier : il y avait chez lui moins d'idées et plus d'énergie, en ce sens qu'elle était tout le caractère et qu'elle entrait pour la somme totale des règles de la conduite ; cet homme-là, une route prise, devait la suivre toujours, bonne ou mauvaise.

Pendant qu'on les examinait ainsi, ils jetaient de leurs côtés des regards observateurs sur leurs compagnons de voyage. Le coup-d'œil du premier des deux inconnus ne fut pas favorable à Charles : cette figure mielleuse, régulière et un peu fausse, ne lui convint pas ; il le témoigna à son ami par un geste, et ce geste exprimait à la fois l'aversion et le mépris : Charles feignit de ne pas l'apercevoir. L'étranger regarda assez attentivement l'actrice, mais il revint toujours assez cavalièrement à la figure d'Annette, et finit par lui dire, en adoucissant sa voix : « C'est mademoiselle qui est venue si vite à notre secours ?... je vous remercie. »

Puis, se retournant, il aperçut le colonel et lui dit : « Ah, ah ! voici un brave !... car je gage, monsieur, que vous avez servi, et que vous avez quelque blessure ? » Le colonel s'inclina.

Annette, toujours occupée de son cousin, acquérait de plus en plus les preuves de ce que le colonel lui avait dévoilé. La nuit approchait, on n'était plus qu'à sept lieues de Valence, et Pauline profitait de l'obscurité pour faire plusieurs signes à Charles. Annette resta plongée dans les réflexions les plus tristes, et sa vue était arrêtée sur l'homme extraordinaire que le hasard leur avait amené. De son côté, il regardait la figure d'Annette avec intérêt, car, expressive comme elle l'était, sa mélancolie s'y peignait à grands traits, et il sembla compatir à la peine qu'il ignorait, entraîné par *le je ne sais quoi.*

Il faisait nuit noire, on traversait le bout de la forêt de Saint-Vallier qui se trouve à quelques lieues de Valence, lorsque tout-à-coup la diligence s'arrêta, et le postillon eut beau fouetter ses chevaux, ils n'avancèrent pas. Le postillon descendit et jeta un cri d'alarme en trouvant des cordes tendues d'un arbre à l'autre, ce qui barrait le chemin : à peine le postillon eut-il crié qu'une troupe d'hommes à cheval parut, entoura la voiture en montrant une forêt de canons de pistolets tendus, si bien que les deux étrangers et le colonel virent qu'il n'y avait aucune résistance à opposer.

Un des brigands dételа les chevaux de la diligence, les attacha à un arbre, et l'on entendit alors frapper à coups redoublés sur la malle de la diligence. Le chef de la bande rassura les voyageurs en leur disant qu'il ne leur serait fait aucun mal, puis il ordonna à ses gens de s'acquitter lestement de leur besogne, en s'emparant des sommes qu'ils savaient être dans la voiture.

L'actrice se lamentait, et Annette tremblait comme la feuille : elle avait tiré la bourse de son sein pour la donner aussitôt et n'être pas fouillée ; l'étranger ouvrait son portefeuille, et, par une présence d'esprit étonnante, défaisait sa cravate et y insinuait un gros paquet de billets de banque, lorsqu'un brigand parut avec une lanterne allumée, en priant les voyageurs de descendre l'un après l'autre.

L'actrice fut dévalisée avec promptitude ; la pauvre mère Gérard n'offrit rien à la rapacité des brigands ; on prit la montre de Charles, cinq cents francs au colonel, et Annette, en descendant, pria qu'on ne la touchât pas, donna en pleurant l'argent qui lui avait coûté tant de peine à acquérir, et en ce moment pensa au vendredi.

Les deux étrangers descendirent, mais chacun tenait un pistolet à chaque main d'un air si déterminé, que les deux brigands reculèrent… Après avoir contemplé ces deux personnages, le chef de la bande accourut, et se mettant entr'eux et ses gens : « Ne tirez pas, s'écria-t-il, et respectez leurs effets !… diable !… » et il lâcha un juron effroyable.

Alors toute la troupe accourut, et, sur le champ, chapeaux, bonnets, tout fut mis à bas par les bandits qui donnèrent les marques du plus profond respect à la vue des deux amis. Les voyageurs étonnés regardèrent cette scène avec terreur, et chacun crut avoir fait route avec les chefs suprêmes de quelqu'association secrète.

C'était une chose curieuse que de voir, au milieu de la nuit, cette diligence arrêtée sur le grand chemin, les chevaux attachés à un arbre, les voyageurs ébahis d'un côté, le conducteur et le postillon tristes de l'autre, et, au milieu, les brigands en groupe presque prosternés devant deux hommes : ce tableau, éclairé par les lanternes qui ne donnaient qu'une fausse lueur à cause de la verdure qui paraît alors comme noire, était vraiment pittoresque, et un peintre aurait voulu être volé pour pouvoir le dessiner d'après nature.

— Par le feu saint Elme !... s'écria d'une voix tonnante l'étranger, je ne croyais guère me trouver en pays de connaissance avec ces brigands-là ! dis-donc ? ajouta-t-il en prenant le bras de son ami et resserrant ensemble leurs pistolets, combien leur donnes-tu de temps pour vivre encore sans être pendus ?

— Nous savons ce que nous risquons, mon capitaine, dit le chef, et vous...

— Chut ou je te brûle la moustache, s'écria l'ami de l'étranger ; tu es en mauvais chemin, Navardin !...[1] Mais, puisque tu es leur capitaine, rends donc à cette jeune fille son petit trésor.

— Je t'en dédommagerai, ajouta l'étranger ; allons, rends-lui ! Elle est venue à notre secours la première, nous lui devons bien quelque reconnaissance.

À cette parole, le capitaine rendit la bourse à la tremblante Annette ; les voleurs laissèrent chacun remonter, et ils s'enfuirent au grand galop. On peut s'imaginer les divers sentiments dont les voyageurs furent animés pour les deux étrangers, en se rendant à Valence qui était la première ville qu'ils allaient rencontrer, et le terme de leur voyage : cette route se serait faite en silence sans l'actrice qui regrettait à chaque instant son cachemire, ses diamants et ses dentelles.

Annette ne savait que penser de la manière dont son trésor lui avait été rendu, et elle dit à l'étranger : « Je ne sais, monsieur, si je

---

1 Ce personnage était presqu'inaperçu dans le *Vicaire des Ardennes.*

dois vous remercier ou me plaindre d'avoir recouvré ma bourse par votre faveur…… »

— Agissez comme bon vous semblera, mademoiselle » répliqua l'étranger.

Annette se tut.

Le colonel regrettait fort ses cinq cents francs et ne pouvait s'empêcher de penser que les inconnus étaient de connivence avec les brigands. Cependant, en se rappelant l'air déterminé dont ils descendirent, leur empressement à cacher leurs billets dans la cravate et leur surprise, il devenait clair qu'ils n'avaient pas couru risque de la vie en brisant leur calèche pour le plaisir de présider à un vol, auquel leur concours n'avait guère paru nécessaire, et surtout qu'ils ne seraient pas remontés avec les voyageurs. Jamais aventure ne renferma plus d'aliments pour la curiosité, et néanmoins cette curiosité, toute vive qu'elle fût, ne pouvait pas se satisfaire, puisque l'on n'osait faire aucune question aux deux étrangers.

En s'approchant de Valence, Annette éprouva une sorte de peine : jusque-là elle s'était dispensée de parler à son cousin ; et, se séparant de lui par la pensée, elle avait, cette journée, vécu comme loin de lui : désormais elle allait se trouver sans cesse avec Charles, et dans une extrême contrainte qui nécessiterait une explication. À ce moment la lune se levait et jetait dans la voiture assez de jour pour apercevoir les figures des voyageurs. Les yeux d'Annette s'arrêtèrent machinalement sur l'étranger qui, ne se croyant pas observé, réfléchissait sans doute à des choses d'une extrême gravité : son visage était farouche et portait le caractère d'une méditation sombre : l'énergie extraordinaire de son âme brillait comme l'éclair parmi les nuages, et Satan, se levant du sein de son lac de feu pour haranguer les démons, n'avait pas plus de fierté et de majesté sauvage dans les traits. La lune, laissant cette figure comme indistincte et n'en révélant que les masses les plus saillantes, ajoutait encore à la profondeur des idées qui se peignaient sur cette tête énorme.

Annette tressaillit à cet aspect, un sentiment indéfinissable s'éleva dans son cœur, elle le prit pour de l'effroi et détourna lentement sa tête vers la campagne, mais elle fut ramenée, par la curiosité, vers cet homme qui apparaissait à son imagination comme un monument : elle baissa les yeux une seconde fois, et, par l'effet de cette chasteté pure qui faisait le principal charme de son caractère, elle

TOME PREMIER.

s'ordonna à elle-même de ne plus contempler l'étranger.

La diligence roulait dans les rues de Valence que le jour avait paru ; la voiture entra dans la cour d'une auberge, et le conducteur, en descendant, annonça qu'il avait été arrêté et volé. Il s'approcha du directeur de l'entreprise qui, par hasard, se trouvait dans la cour, occupé à fumer sa pipe, et il lui dit quelques mots à l'oreille. Sur-le-champ le directeur sortit, et le conducteur resta dans la cour sans ouvrir la portière et sans aider aux voyageurs à descendre.

— Qu'attendez-vous donc ? lui demanda le compagnon de l'étranger : ouvrez-nous !…

Le conducteur monta sur le marchepied et répondit que l'on avait été chercher du monde pour dresser un procès-verbal sur l'aventure de la nuit.

— Nous serons aussi bien dans une salle que dans la voiture, répondit l'actrice.

Le conducteur ouvrit alors comme à regret, et tous les voyageurs descendirent en se dirigeant vers la salle. Comme l'étranger et son compagnon allaient entrer, le conducteur les arrêta et leur dit : « Messieurs, voulez-vous avoir la complaisance de me dire vos noms pour que je vous porte sur ma feuille ? »

— C'est inutile, répliqua l'étranger, puisque nous sommes arrivés : le directeur ne nous ayant pas vus, cela doit être votre profit.

— Impossible ! messieurs, répliqua le conducteur.

— Oh, oh ! reprit l'étranger en entrant dans la salle, ceci annonce des hostilités ; hé bien, mettez M. Jérôme et M. Jacques ! et ils allèrent tous deux s'asseoir, l'étranger à côté d'Annette, et son compagnon entre Charles et l'actrice.

Une jeune servante était dans la salle, et l'étranger, au bout d'un instant passé dans le silence, lui dit : « Mademoiselle, avez-vous ici des voitures ? »

— Oui, monsieur.

— Pourriez-vous nous en trouver une que nous vous renverrions ce soir ?

À ces mots, le conducteur, faisant un geste qui signifiait que les étrangers ne s'en serviraient guère, sortit, pour reparaître un instant après avec trois gendarmes, le directeur et un monsieur habillé en noir.

— Il paraît que vous ayez été arrêtés à Saint-Vallier ? demanda l'officier de police, car c'en était un.

— Et volés, reprit l'actrice.

— Ces messieurs, continua l'officier en désignant les deux inconnus paraissent connaître les voleurs à ce que l'on prétend ?...

— Oui, monsieur, répliqua Charles en souriant.

— En ce cas, reprit l'officier nous allons recevoir vos dépositions, et ces messieurs me suivront. À ces mots, il fit un signe aux gendarmes qui s'avancèrent vers les deux inconnus.

L'étranger plissa son front, ses yeux s'animèrent et les signes d'une effroyable colère se manifestèrent sur son visage, et avec la même rapidité qu'un tonneau de poudre qui s'enflamme et part.

— Ah ça, s'écria-t-il d'une voix tonnante, jouons-nous la comédie ?... et sur le *oui* d'un jeune freluquet allez-vous nous arrêter ? jour de dieu ! tout le monde est-il muet pour raconter ce qui s'est passé ? et pour qui nous prend-on ?...

L'officier de police n'écoutait pas, demandait à chacun ses passeports et chacun les cherchait. Alors l'étranger alla rapidement à l'officier de police, et, le saisissant par le milieu du corps, il le secoua de manière à lui faire jeter les hauts cris ; il l'enleva en l'air, le tourna, et en un clin d'œil s'en servit comme d'une toupie, sans que les gendarmes pussent l'en empêcher, quoiqu'ils fussent accourus.

— Cet homme-là, dit tout bas Pauline à Charles en riant, nous moudrait comme une meule écrase un grain de blé.

— Ah ! criait l'étranger, je t'apprendrai le code de la politesse française et à écouter ce qu'on te dit, méchant pousse-procès !...

Les trois gendarmes s'emparèrent de l'inconnu mais en un clin d'œil il les envoya à trois pas de lui : alors les gens de l'auberge, le conducteur, le directeur, les gendarmes, l'officier, tombèrent tous sur lui et le continrent avec peine. Annette, tout effrayée se serrait auprès de sa mère, l'actrice admirait la force étonnante de l'étranger, et l'ami de l'insurgé riait à gorge déployée.

Il alla vers son ami et lui dit : « Tu n'en fais jamais d'autres !... eh laisse-les instrumenter, ne sommes-nous pas à Valence ? »

L'officier de police, voyant ce nouveau délinquant en liberté, fut épouvanté, car si l'un coûtait tant à arrêter, qu'allait-il faire de l'autre ?… alors il prit le parti de lui demander fièrement son passeport.

— Imbécile, lui dit ce dernier, si tu nous arrêtes, que nous ayons ou n'ayons pas de passeports, qu'est-ce que cela fait à notre affaire puisse tu nous prends pour des brigands ? Tes gendarmes n'ont pas d'armes, tiens !… Là-dessus il tira de son sein une paire de pistolets à deux coups, et les mit jusque sous le nez de l'agent de la police valençaise qui recula brusquement en disant : « Monsieur, pas de gestes !... »

À ce moment, un piquet de gendarmerie arriva, et les deux amis furent mis ensemble au milieu des gendarmes ; celui qui avait tiré ses pistolets les donna aux soldats qui les lui demandèrent, et l'officier de police se mit en devoir de questionner les voyageurs.

Alors l'étranger dit au maréchal-des-logis qui le gardait de le conduire à la Préfecture, et comme on lui fit observer que le Préfet n'était pas levé, il répondit qu'il se lèverait pour eux. Cette réponse surprit la cohorte, et l'air impérieux de l'étranger devint tellement imposant que les deux prisonniers furent emmenés à la Préfecture, au grand étonnement des voyageurs qui avaient contemplé cette scène avec des sentiments bien divers.

CHAPITRE V.

L'officier, malgré l'absence du capitaine de la bande de voleurs, n'en continua pas moins de dresser son procès-verbal, et à mesure qu'on lui disait comment la chose s'était passée, il ne pouvait s'empêcher de s'apercevoir qu'il devenait impossible que les étrangers fussent complices de ce vol. Néanmoins il continuait, lorsque le maréchal-des-logis, qui avait conduit les soi-disant brigands à la Préfecture, vint annoncer que M. le Préfet venait de marquer de la joie en les apercevant, qu'ils étaient entrés sans façon dans sa chambre à coucher, et que les gendarmes l'avaient entendu rire au récit de l'aventure des étrangers ; puis il apportait une lettre écrite par le Préfet lui-même. L'officier de police la lut et parut décontenancé.

— Ils vont même déjeuner avec le Préfet, ajouta le gendarme, et il leur prête sa voiture pour s'en retourner, car je viens d'apprendre, par les domestiques, que c'est ce riche américain qui s'est rendu acquéreur du château de Durantal : cet homme-là a des millions !...

— En tout cas, répliqua l'officier de police en souriant, il a aussi un fier poignet, car il m'a presque brisé les reins.

Sur le bruit qui courait dans Valence que la diligence avait été arrêtée et volée à Saint-Vallier, madame Servigné et sa fille accoururent au-devant de leurs parents, et entrèrent avec un petit garçon qui prit les paquets de nos voyageurs. Charles, après avoir embrassé sa mère et sa sœur, alla s'entretenir avec Pauline et ne la quitta que pour suivre la famille qui, se formant en bataillon serré, se dirigea vers le domicile de madame Servigné, lequel était situé dans une rue assez fréquentée de Valence.

C'était une honnête boutique de province, ou, pour parler plus correctement, de département : on y vendait de tout, depuis du fil jusqu'à du lin, depuis la toile jusqu'au coton, soieries, draperies ; même de la dentelle, de la parfumerie, des cachemires d'occasion, et ce magasin était un des plus fréquentés par les beautés valençaises.

Madame Servigné avait étendu son commerce et si heureusement fait ses affaires, qu'elle se trouvait propriétaire de la maison où elle demeurait : Annette et sa mère y furent reçues avec une cordiale franchise et cette chaleur de cœur que les gens du midi mettent dans toutes leurs actions, oui, dans toutes, depuis la plus insignifiante jusqu'à la plus sérieuse.

On trouva, dans le magasin, le futur d'Adélaïde Servigné : c'était un homme d'une trentaine d'années, d'une figure peu revenante, l'œil sournois, le maintien embarrassé, petit, le front bas, les lèvres minces et les cheveux roux ; du reste, il s'était fait aimer d'Adélaïde, et à cela il n'y avait rien à répondre. Annette éprouva, en voyant le prétendu, un mouvement d'aversion qu'elle réprima ; mais il lui échappa le même geste par lequel l'étranger de la voiture avait témoigné sa répugnance pour Charles. Annette, comme toutes les personnes superstitieuses, écoutait singulièrement ces premières impressions, et les présages qui accompagnaient la première vue d'un objet ou d'un être ; ainsi elle remarqua, qu'en apercevant M. Bouvier, elle marcha sur un oiseau que l'on avait lâché, en oubliant de le faire rentrer dans sa cage : la pauvre bête mourut fortement regrettée par madame Servigné qui aimait beaucoup les oiseaux, les chats, les chiens, trait distinctif de son caractère, et qui doit faire deviner d'avance à plus d'un lecteur observateur qu'elle était bavarde.

En effet, la bonne femme tenait à sa langue autant que sa langue tenait à elle, et l'on s'en aperçut bien vite.

— Enfin, vous voilà !... dit-elle lorsque tout le monde fut réuni dans une chambre haute qui servait de salon, quoique son lit y fût ; ah ! que je suis aise ! M. Bouvier, Jacques a-t-il fermé la boutique ? Mais asseyez-vous donc, mesdames. Ah ! Charles, que tu es grandi !... et savant... hé bien, viens donc que je t'embrasse encore ; j'ai cru que vous n'arriveriez jamais ; et vous avez été volés encore ! mais vous nous raconterez cela, j'espère !... dans un autre moment !... s'écria-t-elle en voyant que Mme Gérard ouvrait la bouche pour faire sa partie ; tenez, ma chère sœur, voici mon gendre, monsieur Bouvier, il est de Bayeux, en Normandie...

Ici la respiration lui manqua et elle embrassa son fils tout en reprenant haleine. En habile femme, madame Gérard saisit la parole, et la conversation devint un peu plus générale.

Enfin l'on installa les parisiennes, et au bout de deux ou trois jours elles furent chez madame Servigné comme si elles y eussent été depuis vingt ans. Une des premières occupations d'Annette fut de s'informer si l'on était près d'une église, car cette fête brillante, par laquelle l'église célèbre l'Éternel, déployait alors toute sa pompe.

Pendant huit jours, le soir, il se fait à la nuit la magnifique cérémonie du Salut, et la religieuse Annette n'aurait pas manqué, pour toute la fortune et les joies de la terre, une prière aussi belle que celle-là.

Il y avait justement au bout de la rue habitée par madame Servigné, une église ou plutôt une chapelle, car elle était petite et dans le genre gothique, architecture dont le mystère s'accorde parfaitement avec les croyances et les pratiques du christianisme.

Le lendemain de son arrivée à Valence, le soir, après dîner, Annette qui avait marqué à Charles tout autant d'amitié que par le passé, lui demanda : « Mon cousin, ne voulez-vous pas venir au salut avec moi ?... »

Aussitôt madame Servigné s'écria : « Mais, ma nièce, nous irons tous !… »

— Non pas moi, dit Charles avec un embarras visible, car j'ai précisément affaire à cette heure-ci.

Annette le regarda avec étonnement, il baissa les yeux. Cependant il avait parlé d'un ton si péremptoire, qu'il n'y avait aucune observation à faire, et la famille s'achemina vers l'église en le laissant tout seul. Avant d'entrer à la chapelle, Annette vit dans la rue une affiche en gros caractères : c'était une affiche de spectacle qui annonçait que mademoiselle Pauline ne donnerait que trois représentations : la première était indiquée pour le soir même, et, par l'heure du spectacle, Annette se convainquit que son cousin préférait la jouissance de voir Mlle Pauline au plaisir d'accompagner un instant au Salut celle qui lui avait prodigué les marques de la plus tendre amitié dès l'enfance.

À l'aspect de cette affiche, une foule de pensées assaillit le cœur de cette douce fille, et une méditation pénible remplit son âme pendant qu'elle marchait à l'église. « Quel charme a donc une actrice, se disait-elle, pour que, dans un instant, elle fasse tout oublier ?… que donne-t-elle ?… Ont-elles des secrets pour déployer en un jour plus de témoignages d'amour que nous n'en prodiguons en vingt années ?… ou serais-je d'un caractère peu aimant ?… Grand Dieu ! n'aurais-je donc aucune sensibilité ! et vous aurais-je tout donné !… »

À ce moment elle entrait dans l'église et toutes ces pensées s'enfuirent comme une vapeur légère devant le soleil : elle renonça à Charles pour toujours, et elle prononça ces mots à voix basse, en s'agenouillant : « Ô mon Dieu ! c'est donc à vous que je me dédie !… et ce cœur sera tout entier brûlant pour vous à jamais, dans cette parcelle de temps que nous appelons la vie, comme pendant votre règne dont les instants seront *des siècles de siècles !…* »

Elle releva lentement sa tête, secoua les boucles de ses cheveux qui retombèrent sur son cou d'albâtre, une espèce de tranquillité rentra dans son âme, elle ouvrit son livre et tomba sur ces mots : « *Ce sera ton époux de gloire.* » « *Hic erit sponsus gloriæ.* »

Frappée de la singulière coïncidence de ces paroles qui retentissaient dans son cœur comme prononcées par un ange qui se serait assis à ses côtés, elle releva ses yeux humides de pleurs, et, contre un pilier composé de cinq petites colonnes assemblées, elle vit dans l'obscurité la tête énorme et les cheveux bouclés de l'étranger de la voiture : Annette tressaillit, et son cœur fut frappé d'un tel coup, qu'on ne peut comparer son effet qu'à ce malaise qui fait tourner le cœur avant l'instant où la défaillance sera complète.

Cette apparition était-elle un effet de son imagination ou une réalité ? elle n'osa pas relever la tête pour s'en assurer ; et tenant son livre en tremblant elle lisait involontairement « *Ce sera ton époux de gloire.* » Ses idées superstitieuses vinrent l'assaillir, et elle fut frappée de la pensée que le livre parlait un langage divin qui déchirait le voile de l'avenir : il y a des idées importunes qui, malgré de palpables absurdités, viennent au cerveau sans que la raison la plus sévère puisse les chasser ; c'est comme le rêve de l'esprit pur. Annette trembla si fort que sa cousine s'aperçut de son agitation à celle de son livre.

— De quoi riez-vous, ma cousine ? dit Adélaïde.

— Je ne ris pas, répondit Annette, je suis indisposée ; mais je suis mieux ! ajouta-t-elle en craignant que sa cousine ne lui proposât de sortir. Elle voyait toujours, malgré elle, cette figure dont les yeux énergiques lui avaient paru brillants d'un feu terrible en ce qu'il annonçait la passion, et la passion, dans cet être extraordinaire, devait être une flamme dévorante.

Le salut commença, l'église était parfumée par les fleurs qui la garnissaient, une profusion de cierges répandait une brillante lumière qui, venant de l'autel, produisait un effet prodigieux, car le prêtre semblait marcher au sein d'un nuage lumineux formé par la fumée de l'encens.

Le chant de joie et la masse d'harmonie répandus par l'ensemble des voix avaient quelque chose de grandiose et d'imposant ; mais pour ceux qui environnaient Annette, il régnait dans ces accords un charme de plus, car elle chantait avec une telle sensibilité, un goût si pur, une voix si juste et si flexible, que son organe, tranchait sur tout et inspirait le désir de l'entendre seule.

Plusieurs personnes même cherchèrent dans les rangs de femmes de quelle bouche délicieuse partaient ces mélodieux accents ; mais Annette, agenouillée avec grâce et la tête penchée sur son livre, restait immobile comme un de ces anges que Raphaël représente prosternés devant le trône.

Quand le salut fut fini, qu'Annette se leva, elle ne put s'empêcher de jeter un coup d'œil sur la colonne auprès de laquelle cette tête énergique s'était présentée à sa vue d'une manière si étonnante. Elle tressaillit encore davantage, car, cette fois, elle vit, dans l'enfoncement de la chapelle, l'inconnu de la voiture : le faible jour qui s'échappait des vitraux et de l'autel sur lequel les cierges s'éteignaient, ne le lui laissa voir que d'une manière indistincte et comme une grande ombre, ou plutôt comme la statue d'un tombeau, car il était immobile, la tête inclinée, et plongé dans une profonde méditation : son ami l'accompagnait. Cet ami lui toucha le bras quand Annette les regarda ; alors elle baissa la tête et ses yeux cherchèrent la terre. Elle frémit en y apercevant une tête de mort sculptée entre deux os, et elle remarqua que tout le temps du salut elle était restée sur la pierre d'un tombeau, car autrefois les églises avaient des caveaux souterrains où l'on enterrait les personnes de distinction, et l'on recouvrait l'endroit de leur sépulture de ces pierres *tumulaires* qui servaient de pavé.

Ces petites remarques, ces présages, ces rencontres, peuvent n'être rien et exciter le sourire de beaucoup de personnes, mais pour Annette, et d'après son caractère, c'étaient des événements qui faisaient une profonde impression sur son âme. Elle suivait donc sa mère dans un silence qui étonnait sa cousine et non Mme Gérard, car elle était habituée, en sortant de l'église, à voir Annette plongée dans la méditation.

Les deux cousines marchaient les dernières de la petite troupe que formait la famille. Après être sorties de l'église, elles entendirent les pas de deux hommes qui les suivaient immédiatement.

— Ma cousine, dit Adélaïde, regardez donc l'un des messieurs qui nous suivent !... il a une figure singulière, vous n'en aurez jamais vu et n'en verrez de semblable, c'est un visage de conspirateur.

— C'est juger légèrement les gens ! répondit Annette, certaine que c'était l'inconnu de la voiture qui revenait de l'église.

D'après la réponse d'Annette, Adélaïde se tut en pensant en elle-même que sa cousine était plus grave que ne le comportait son âge ; et *elles prirent mal ensemble*, s'il est permis d'exprimer, par cette phrase familière, l'espèce de sentiment que l'on conçoit pour une personne dont le caractère ne coïncide pas avec le nôtre.

À peine avaient-elles fait quelques pas de plus, qu'elles entendirent une espèce d'altercation entre les deux étrangers : elle paraissait assez vive ; ils parlaient bas, mais cependant, avec de l'attention, on pouvait saisir quelques mots, et l'on pense bien qu'Annette, de même que sa cousine, avaient l'oreille fine à leur âge.

— Oui, je t'empêcherai d'y venir !... disait l'étranger ; oui, sans doute.

— Et pourquoi ?...

— Pourquoi ?... Parce que cela ne te convient pas ; et que, dans ce genre, tu as assez de ta dernière *victime* !...

Ici les deux jeunes filles n'entendirent plus rien si ce n'est un nom qui finissait en *ie*, comme Stéphanie, Mélanie, Virginie ; mais, quoiqu'il revînt plus d'une fois, dans les phrases prononcées à voix basse, elles ne purent le connaître en entier.

— Elle est morte !... fut le premier mot qu'elles entendirent : il était dit par l'étranger avec un air de surprise.

— Et l'on peut, reprit l'autre, dire que jamais sous le ciel il n'y eut une créature plus angélique, une plus belle fleur ! elle était toute femme, et digne plutôt du ciel que de la terre, car j'ai appris sur elle des choses qui tirent les larmes des yeux.

— Par qui ?

— Par sa femme de chambre : tiens, n'approche pas des femmes, ce sont des plantes trop fragiles, et tu es un vent de tempête : d'ailleurs……

Les deux cousines étant arrivées, n'en entendirent pas davantage. Annette, étonnée des mots que le hasard lui avait permis d'écouter, ne savait que penser des inconnus : son âme était à la fois remplie d'effroi et de tranquillité. Cet état serait difficile à expliquer ; on ne pourrait en donner l'idée qu'en comparant Annette à un bel édifice dont une partie ressent les outrages d'une tempête, pendant que le soleil, dissipant les nuages d'un côté, y introduit ses rayons qui répandent une lumière pure et finit par éclairer tout le temple : une lueur pareille se levait dans le cœur d'Annette sans qu'elle en soupçonnât la clarté.

Charles n'était pas rentré, et ne parut même pas au souper de famille ; Annette en fit tristement l'observation, et, comme elle ne dormit pas, elle l'entendit revenir à onze heures environ dans la nuit.

Pendant les cinq jours que mademoiselle Pauline fut à Valence, Charles resta peu dans sa famille ; il ne dînait même pas au logis : un soir il ne rentra pas du tout, et il n'alla pas une seule fois au salut. Un jour Annette sortait en même temps que son cousin, il fut montré au doigt par un jeune homme qui dit à son compagnon, quand Charles s'éloigna : « C'est l'amant de Pauline. »

Enfin cette dernière partit : dès-lors Charles fut tout entier à sa famille et n'eut plus d'autre dérangement que la nécessité de soutenir une correspondance qui parut très active. Charles Servigné redevint très empressé pour Annette ; il semblait sentir qu'il avait de grands torts à réparer, et il revenait vers Annette avec une ardeur, une tendresse, qui firent horreur à cette jeune fille, sévère en ses principes. Charles avait trop de tact et de finesse pour ne pas s'apercevoir de la froideur que sa cousine déployait toutes les fois qu'il s'agissait des sentiments intimes que deux jeunes gens, destinés l'un à l'autre, ont quand ils s'aiment, et cette froideur contrastait chez Annette avec l'amitié dont elle accablait son cousin pour les choses indifférentes.

Il n'y avait plus que deux jours de salut, le samedi et le dimanche, jour de l'octave de la Fête-Dieu. Le vendredi soir, Charles, au souper, dit à sa tante que l'étranger, qu'ils avaient reçu dans leur diligence, était resté à Valence, et qu'il était venu au spectacle dans la loge du préfet, mais que depuis deux jours on ne l'avait pas revu. « Il paraît, ajouta-t-il, que cet inconnu est prodigieusement riche, on ne lui donne pas moins de sept à huit millions ; il y en a même qui disent douze : ainsi, il était loin d'être capitaine de voleurs. »

Annette rougissait en entendant parler de l'étranger, mais Charles ne s'en aperçut pas, et continua de s'entretenir de lui en exaltant la magnificence du château de Durantal, la somptuosité du parc, les environs et le site, car cette propriété était placée sur une montagne qui avoisinait Valence du côté du midi, et le revenu montait à plus de quatre-vingts mille francs.

— Est-il marié ? demanda madame Gérard.

— Non, répondit madame Servigné, dont la boutique était le rendez-vous de toutes les commères, et qui savait tout ce qui se passait dans la ville et aux environs ; mais, reprit-elle, une chose plus intéressante, c'est que l'on prétend que notre procureur du roi va être destitué, et c'est une nouvelle ça ! car il s'était vanté de rester en place, malgré sa conduite pendant les *cent jours* !...

Charles parut comme frappé d'une lumière soudaine en entendant cette phrase de sa mère, et il tomba dans un profond silence.

Ce soir-là, Annette, sa mère et madame Servigné, venaient de se retirer, que Charles et Adélaïde sa sœur étaient encore pensifs assis à la table de famille.

— Mon frère, dit la jalouse Adélaïde, croirais-tu par hasard être aimé de cette pie grièche d'Annette ?

— Est-ce que tu aurais à t'en plaindre, demanda Charles, car pour en parler en de pareils termes......

— Moi ! s'écria Adélaïde, non, et quoiqu'elle ait l'air de vous écraser à chaque instant par son regard extatique et par sa simplicité d'habillement, de conduite et de paroles, dieu merci ! pour ce que je la verrai, je ne crains guère la cousine Annette !... mais elle n'est pas de son âge, et je ne t'en parlais que pour toi : si tu crois qu'elle t'aime, tu te trompes......

— Comment cela ?... répondit Charles étonné, je ne lui ai donné aucun sujet de plainte, et je ne crois pas......

— Hé bien, dit Adélaïde en l'interrompant, crois-moi, les femmes se connaissent un peu à cela : voilà cinq ou six fois que je remarque l'air dont Annette détourne la tête quand tu la regardes avec complaisance, et cet air-là n'est pas de bon augure pour toi...

— Je n'imagine pas qu'Annette puisse changer.

— Questionne-la, fais un essai, et tu t'en convaincras. Dis-moi donc, est-elle riche ?...

— Annette, reprit Charles, est riche en sentiments religieux !... du reste, quand son père et sa mère seront morts, elle pourra avoir mille écus de rente.

— Et mais, répliqua Adélaïde, cela vaut bien la peine d'entretenir la paix avec elle.

Cette conversation excita quelque défiance dans le cœur de Charles, et il résolut, à la première occasion, d'éclaircir ses soupçons. En effet, il ne pouvait croire qu'Annette fût instruite de son intrigue avec Pauline : l'extrême innocence de sa cousine excluait toute idée de perspicacité de sa part dans une semblable affaire, et Charles ne croyait pas s'être permis la moindre chose qui pût le trahir. Cependant les manières d'Annette n'étant plus les mêmes, les discours d'Adélaïde plongèrent le jeune avocat dans une grande incertitude.

CHAPITRE VI.

Le lendemain était le dimanche de l'octave de la Fête-Dieu et le dernier jour du salut. Depuis sa première apparition dans l'église, l'étranger de la voiture n'était pas revenu, et cette circonstance avait produit un singulier effet dans l'âme d'Annette.

Quoique pure comme un lis qui vient d'éclore, elle s'était attendue à le rencontrer le lendemain, et, en entrant comme en sortant, quand elle jeta un coup-d'œil dans l'église, elle ressentit ce mouvement qui se fait en nous lorsque notre attente est trompée. Chez elle, ce mouvement était presque machinal, et cette phrase, « Il n'est pas venu. » sans être prononcée, était sa pensée intime.

Charles offrit son bras à sa cousine pour se rendre au salut, elle l'accepta, et il se mit à côté d'elle. Le salut était commencé, et Annette chantait d'une voix douce et pure, quand elle sentit un inconnu venir se placer sur la chaise qui se trouvait à côté d'elle ; elle trembla, car un secret pressentiment lui disait que ce ne pouvait être que l'étranger. Elle fut confirmée dans ses soupçons par l'impatience que Charles témoigna après avoir aperçu celui qui s'était placé à côté de sa cousine : il se levait, tournait la tête, regardait l'étranger qui, semblable à un lion sur lequel se pose une mouche, ne faisait aucune attention aux manières de Charles, et dévorait des yeux le voile blanc qui descendait du chapeau d'Annette, en dérobant sa figure à tous les yeux. L'étranger recueillait en son âme les sons purs et harmonieux de cette voix céleste, et son émotion était visible ; il n'avait point son compagnon, et rien ne troublait son plaisir auquel il s'abandonnait tout entier.

Charles bouillait d'impatience, il aurait voulu que le salut fût fini, et il se réveillait en son cœur plus que de l'amour pour sa cousine depuis que la présence de l'étranger lui glissait dans l'âme l'idée terrible qu'il avait un rival et qu'il était dans l'ordre des choses possibles qu'Annette l'aimât. Il avait cependant la jouissance de voir sa cousine immobile et l'œil toujours à l'autel. Lorsque le salut fut fini, elle ne tourna même pas la tête, donna le bras à Charles et sortit de l'église sans faire un seul mouvement pour voir l'étranger.

— Ma cousine, dit Charles, il fait un temps magnifique ; nous avons une heure et demie d'ici le souper, voulez-vous vous promener dans la campagne ? nous n'en sommes pas loin.

— Très volontiers, dit Annette ; et ils se détachèrent de la compagnie en se dirigeant vers le faubourg. Arrivés à la fin du faubourg, ils entendirent sortir de dessous une treille, en dehors de la ville et à la porte d'une espèce de cabaret, les éclats de rire et les chants d'une troupe joyeuse. Quand Annette et son cousin passèrent devant cette treille, qui était séparée du cabaret par un espace assez grand, une voix s'écria : « La voici ! » Et toute la troupe, se taisant, regarda sur le chemin. Annette et son cousin continuèrent à marcher ; mais Annette conçut un secret pressentiment qui lui disait que c'était d'elle dont on s'occupait sous cette treille ; et cependant, il n'y avait aucune apparence qu'une jeune inconnue, depuis peu à Valence, fût le sujet de la conversation de ces hommes qui paraissaient appartenir à la classe inférieure du peuple. Néanmoins elle ne se trompait pas, et cette treille était en ce moment le rendez-vous de gens qui occupaient bien du monde. Il pouvait y avoir autour de trois tables oblongues une douzaine d'hommes, au milieu desquels on distinguait un gendarme en uniforme.

La plupart des convives étaient habillés avec des vestes et paraissaient être des ouvriers *endimanchés :* quelques-uns avaient du plâtre à leurs habits ; leurs chapeaux étaient couverts de quelques taches blanches de chaux ; et l'un d'eux, mieux habillé que les autres, ayant une toise qui lui servait de canne, était placé au centre, à côté du gendarme, et semblait être l'entrepreneur qui les employait. Les figures de ces ouvriers avaient toutes des expressions qui indiquaient un choix d'êtres : nulle n'était sans énergie, et chacune annonçait soit la ruse, soit la force, soit la résolution, toutes, le courage ; et ces qualités étaient mises en commun vers un but, que l'union et l'accord de tous indiquait merveilleusement. Leurs traits étaient fortement marqués, leur teint bruni par le soleil, mais par le soleil qui brûle l'Afrique et allume les torrents de

chaleur de la Ligne. L'on s'apercevait que ces hommes n'apparte-
naient pas au pays de France : l'un portait le caractère de la figure
américaine ; tel autre celui de la tête anglaise ou du nord, et d'autres
les crânes des méridionaux. Un homme instruit, qui aurait passé
en ce moment vers cet endroit, aurait cru apercevoir des ombres de
ces fameux et célèbres flibustiers, si remarquables par le mélange
des races humaines, par le courage porté à l'excès, ainsi que la résolution, l'amour du pillage et la cruauté.

Ils étaient à la fin d'un repas et dans cet état d'ivresse et d'exaltation qui suit une conversation animée par les cris, les chants, les
mets et les vins forts du midi ; leurs cris et leurs propos se ressen-
taient de l'état de leurs têtes.

— Vive la joie !… criait un homme au gosier desséché.

— Mais vivent les sonnettes !... répondait un autre.

— *Et requiescat in pace !...* disait mystérieusement un compagnon
en jetant par terre une bouteille vide.

— Écoutez ! écoutez !... s'écria l'un d'eux plus ivre que les autres, je
vais chanter, et, sans attendre, il entonna :

Si l'on pendait tous les voleurs

Qui volent sur la terre,

Il resterait moins de pendeurs

Que de vin dans mon verre :

Car, je le dis, écoutez bien,

Il n'est dans ce bas monde,

Malgré sa foi profonde,

Que presque tous bons gens de bien :

Ceux que l'on mène pendre,

Et tous ceux qui l'ont mérité

. . . .

— Au diable la chanson !... dit le gendarme en interrompant le
chanteur et criant plus fort que lui ; quand j'entends parler de corde
et de supplice, cela me trouble la digestion.

— Ah bah ! lui répondit un vieillard encore vert qui était à sa
gauche, ne savez-vous pas que nous sommes sujets à une maladie
de plus que les autres hommes ?

— C'est bien pour cela qu'il ne faut pas clocher devant un boiteux, répliqua le gendarme ; d'ailleurs, s'il continue, je le frotte...

— Je voudrais bien voir cela, hussard de la mort, s'écria le chanteur en répétant :

« Ceux que l'on mène pendre,

Et tous ceux qui l'ont mérité... »

Le gendarme leva son sabre, et l'autre, saisissant une canne creuse qui formait le canon d'un fusil sans crosse, para le coup du gendarme ; mais le petit vieillard et le maître maçon arrêtèrent la querelle naissante.

— Brigands, tenez-vous donc tranquilles !... nous ne sommes pas ici pour banqueter, colleter et nous tuer ; il s'agit de choses importantes, et, si vous voulez toujours boire, écoutez-moi !

À ces paroles le calme naquit, et le maître maçon, désignant deux d'entre les compagnons, leur montra du doigt la porte du restaurateur et le chemin : comprenant ce que ce signe voulait dire, les deux ouvriers se mirent en sentinelle.

— Bah, dit le gendarme, toute la ville est au salut.

— Mes enfants, reprit le maçon à voix basse, en s'adressant à toute la troupe qui s'amoncela autour de lui, vous saurez que John (*et il montrait le gendarme*) vient de m'apprendre que *notre ancien* et son lieutenant sont indignes du nom d'hommes, car ils ont donné à M. Badger, leur ami, le préfet de Valence[1], le signalement de tous ceux qui ont servi sous lui, et qu'il a reconnus l'autre jour : moi tout le premier !...

— C'est une horreur !...

— C'est une infamie !... et une foule d'autres exclamations partirent en même temps de tous côtés.

— Il faut piller Durantal !... s'écria l'un.

— Piller Durantal ! reprit un autre, non, il faut *le* tuer !

— Un vieux chien comme cela ne mérite qu'une dragée dans le crâne !... ajouta celui qui se faisait remarquer par la figure la plus atroce.

Cette dernière parole, prononcée après toutes les autres et avec un

1 On sent que nous avons changé les noms, les lieux et les véritables circonstances, ainsi que nous l'avions annoncé. (*Note de l'éditeur.*)

sang-froid étonnant, semblait le résumé des pensées qui agitaient en ce moment les têtes de ces gens que le vin et les cris avaient plongés dans un état voisin de l'ivresse.

— Un moment, mes amis, dit le gendarme ; piller Durantal, ce n'est pas l'affaire d'une minute, car *il* a avec lui une bonne tête, *le lieutenant* n'est pas homme à se laisser prendre par dix de nous, sans compter que *l'ancien* est rude à manier. Supposez que nous les ayons mis à la raison, croyez-vous que le pillage de Durantal ne fasse pas ouvrir les yeux à l'autorité surtout après que notre dernière aventure nous a tant signalés ?

— Signalés !… reprit celui qui avait la figure si atroce et que l'on nommait Flatmers, c'est j'espère *lui* qui s'est rendu coupable de ce crime, car c'est un crime de ne pas garder la foi jurée ; brûlons et tuons !...

— Tuer notre ancien !... s'écria le plus vieux de tous nommé Tribel, c'est mal !... c'est un brave homme tel que les tillacs n'en ont jamais porté de meilleur ; ne lui avons-nous pas juré de garder le secret ? N'a-t-il pas toujours donné loyalement à chacun ce qui lui revenait dans les *prises*, et ne nous a-t-il pas tous enrichis ?... Est-ce sa faute si nous avons tout mangé comme des brigands que nous sommes, sans dire seulement un pauvre petit *ave ?* Si nous avons fricassé nos sacs d'or comme des goujons, lui, il a su garder les siens, qu'on les lui laisse Songez que c'est lui qui nous défendait, et qu'il aurait plutôt sauté seul sur un tillac que de nous livrer !…

— Hé, s'écria le maître maçon, pourquoi nous a-t-il dénoncés aujourd'hui ?…

— Oui, reprit Flatmers, c'est un traître !... ce gros taureau-là s'est enrichi, il tient à la vie, aux jouissances et à ses millions ; il ne nous estime pas plus qu'un zeste d'orange ; il faut lui apprendre à vivre, et lui faire savoir que, si l'un de nous va à l'échafaud par sa faute, il devra l'accompagner.

— Flatmers, Flatmers !… reprit le vieux Tribel, quel est celui de nous qui s'est présenté devant notre *ancien*, comme étant dans le besoin, à qui il n'ait pas donné quelque billet de mille francs ?…

— Et quand je les ai mangés je me moque bien de ses billets !…

— C'est mal, Flatmers, et tu es un coquin sans reconnaissance !… mais je veux bien qu'il nous ait dénoncés !… moi, je vous répondrai que vous êtes des imbéciles et que c'est de votre faute, car vous avez fraternisé avec lui sur le chemin, vous l'avez compromis, on l'aura interrogé, et, comme il a été déjà poursuivi, il n'aura pu échapper qu'en nous dénonçant.

— Hé bien, puisqu'on le poursuit, dit le maître maçon en faisant signe de la main pour demander silence ; il faut le forcer à se rembarquer avec nous et recommencer nos courses. Allons nous mettre, jour de dieu, au service des insurgés d'Amérique, nous ferons un métier de braves gens, et nous ne serons plus, comme des voleurs de rien, occupés à *haricoter* sur les grandes routes. Quelle vie que de crever des chevaux, à demander la bourse à des voyageurs sans le sou !… risques pour risques, allons piller les possessions espagnoles en vrais marins !… Nous nous battrons en même temps pour la liberté, et nous deviendrons quelque chose ; *l'ancien* sera amiral, et nous, capitaines, lieutenants, officiers, au service des républiques !...

Ce discours fut suivi d'un *hourra* général que le gendarme fut seul à ne pas partager.

— Qu'avez-vous donc ?… lui demanda Tribel.

— Ce que j'ai, reprit-il, je sais que ceci est le meilleur parti, mais il a bien des difficultés : d'abord, *l'ancien* le voudra-t-il ? Écoutez,… vous savez si jamais chef a, pendant dix ans, plus travaillé que lui : il n'a pas eu un moment de repos, et je gage mon sabre qu'il est resté garçon tout ce temps-là. Il était toujours occupé de nos affaires, à l'affût des bâtiments marchands, des vaisseaux de guerre, plaçant, vendant les marchandises, si bien que nous n'avions que la peine de manger notre argent. Or, vous apprendrez que notre *ancien* est amoureux d'une jeune et jolie fille, et vous savez que ce qu'il a aux pieds il ne l'a pas dans la tête, que ce qu'il a dans la tête il ne l'a pas aux pieds ; partant, je crois qu'un homme qui s'est fait une aussi jolie coquille que Durantal, et qui, après tant de fatigues et de privations, vient à avoir de l'amour pour une jeune créature, aura de la peine à se mettre en campagne et à risquer le bonheur qu'il a l'espoir d'atteindre…

Un cri général, mais élancé à voix basse, fut le résultat de cette harangue.

— Tuons-la !...

— La tuer reprit Tribel, êtes-vous fous ?... prenez-la, cachez-la, dites qu'elle est morte, et forcez notre ancien à se rembarquer ; mais ne faites pas un crime inutile.

— Approuvé !...... dit le maître maçon.

À ce moment les deux sentinelles revinrent en faisant signe de se taire, et le gendarme, allant voir quelles personnes s'approchaient, reconnut Annette et s'écria : « La voilà !... »

On la regarda attentivement, et, lorsqu'elle fut passée, Navardin, le capitaine, prit, de concert avec ses gens, les mesures nécessaires à l'enlèvement d'Annette.

Pendant que la pauvre Annette, qui ne se connaissait pas un seul ennemi dans le monde, était ainsi l'objet d'une conspiration formidable, elle marchait en silence dans la campagne, et Charles se trouvait assez embarrassé pour entamer la conversation par laquelle il voulait éclaircir tous ses doutes.

— Ma cousine, dit-il enfin après un long silence, j'espère avoir bientôt une place.

— J'en serai enchantée pour vous, répondit Annette avec un air tout à la fois plein de froideur et de bienveillance, soyez certain que je prendrai toujours un bien grand intérêt à tout ce qui pourra vous arriver d'heureux…

— Comme vous me dites cela ! ma cousine, on croirait qu'en sollicitant cette place, si je l'obtiens, je n'aurai travaillé que pour moi, seul, et que vous n'êtes pour rien dans cette affaire.

Charles, comme on voit, mettait sa cousine dans l'obligation de s'expliquer.

— J'y suis pour beaucoup, Charles, puisque je n'aurai plus d'inquiétudes sur votre sort, et que vous serez honorablement placé.

— Je n'ai jamais eu d'inquiétudes pour mon sort, ma cousine, puisque vous devez être un jour ma femme…

— Ah, dit-elle vivement, Charles, je ne crois pas vous avoir fait la promesse de vous accepter pour mari, mais l'eussé-je promis, vous ne devriez plus y compter ; les contrats que l'on fait ainsi d'âme à âme sont subordonnés à des conditions que je n'ai pas besoin de vous expliquer, vous avez assez d'esprit, et vous connaissez assez les lois pour m'entendre ; or, vous-même vous avez déchiré le pacte que quinze ans d'amitié avaient sanctionné, et je jure qu'à moins d'une conduite à laquelle je ne crois plus, vous n'aurez jamais ma main.

Annette avait parlé avec une telle force, une telle chaleur, que Charles en était réduit à faire des gestes de dénégation, enfin il répondit, avec une amertume ironique : « Lorsqu'on a l'intention de manquer à ses serments et de détruire tout ce qu'il y a d'amour entre deux cœurs, tel est l'esprit humain que l'on ne manque jamais de prétextes, et le proverbe est juste qui dit que le maître trouve la rage à son chien quand il veut le tuer : lorsque l'on devient moins religieux, l'on cherche des taches à la robe des saints ; cependant, Annette, il vous serait difficile de spécifier la moindre chose et de trouver une base à une pareille accusation. »

— Suis-je, s'écria Annette avec la dignité de l'innocence, suis-je de caractère à changer ? et surtout est-ce moi qui chercherait des prétextes ?

— Mais enfin, ma cousine, en quoi ai-je manqué à mes serments ? et à l'aide de quelle fiction me prouverez-vous que je ne vous aime plus, et que j'aie cessé de vous marquer la tendresse, le respect, la fraternité dont je vous ai entourée dès notre enfance ?

— Charles, si vous voulez me voir rougir, pour la première fois de ma vie, des paroles qui sortiront de ma bouche, je vais tous le prouver, ou si vous m'entendez et que vous ayez encore quelque peu de respect pour la vertu, vous m'en dispenserez en rentrant en vous-même.

Charles Servigné, d'après cette phrase, commença à croire que sa cousine avait pu apprendre quelque chose de son intrigue avec Pauline ; alors il conçut rapidement que, s'il en était ainsi, le cœur de sa cousine lui serait à jamais fermé : il continua, donc en ces termes, mais poussé par l'esprit de vengeance et de dépit qui faisait déjà frémir son cœur d'une rage concentrée.

— Ma cousine, je commence à entrevoir la lumière que vous voulez mettre sous le boisseau ; ce n'est pas tant à cause de moi, qu'à cause de vous, que vous prenez le rôle d'accusatrice ! vous craignez que je ne vous reproche le véritable motif de ce changement ; je le devine, vous ne m'aimez plus…

— Oui, Charles, je ne vous aime plus, reprit-elle avec cette franchise d'innocence qui tient de l'audace, oui, je ne vous aime plus, dans le sens que vous donnez à ce mot, mais je vous aimerai toujours !...... Allez, Charles, on ne brise pas en un instant les liens que tant d'années ont tressés, on n'oublie jamais un frère ! toute ma vie je me souviendrai du plaisir que j'avais à vous aller chercher à *Sainte-Barbe*, à vous amener à la maison, à vous dire tout ce que j'avais dans le cœur, à recevoir toutes les sensations du vôtre ; et, quand vous ne seriez plus rien pour moi, que j'aurais à me plaindre de vous mille fois plus encore, il me serait impossible de ne pas vous tendre la main, et de voir votre visage avec plaisir : fussiez-vous criminel ? je traverserais des pays entiers pour vous sauver ; mais faire route à travers une mer aussi orageuse que la vie sans pouvoir compter sur l'immutabilité de celui qui nous accompagne, oh ! la femme est un être trop faible et trop débile ! mon cœur est plein d'amour, mais Dieu l'aura dès à présent tout entier si sa créature n'est plus digne de moi.

— Dieu, reprit Charles sans être touché du langage sublime d'Annette, Dieu, m'a tout l'air d'être pour vous, là-bas, à Durantal.

— Charles, répliqua Annette rougissant et d'une voix tremblante ; j'ignore ce que vous voulez dire.

— Si vous l'ignoriez, vous ne rougiriez pas, reprit-il, et vous auriez pu me dire sans détour que l'étranger, qui est venu probablement tous les soirs au salut, est pour quelque chose dans le changement de vos sentiments à mon égard.

— Si vous étiez venu au salut, vous sauriez, répondit Annette, qu'il n'est pas venu tous les soirs.

— C'est dommage ! répliqua Charles avec ironie, mais comment expliquerez-vous l'heureux hasard qui l'a fait s'asseoir à côté de vous et ne pas vous quitter des yeux pendant tout le salut ?...

— Il me semble, reprit-elle avec une incroyable dignité, que je ne vous dois aucun compte, et que la seule chose que je puisse vous devoir, c'est le motif de notre séparation.

— Aussi vous gardez-vous bien d'aborder cette question là ?

— Charles, dit-elle, il faut en finir, apprenez donc que je sais combien cette femme de la voiture vous est chère. J'aurais préféré pour vous une toute autre femme, et une actrice m'a toujours apporté à l'esprit une idée pénible ; elle peut faire votre bonheur comme une autre, mieux qu'une autre même, à ce qu'il paraît, ainsi,... à ce mot les larmes gagnèrent Annette.

— Ô ma cousine ! avez-vous pu croire, … reprit Charles avec assurance.

— Charles, dit-elle en le fixant, l'on ne ment pas devant moi !… vous pourriez m'abuser facilement par un seul mot, et je vous aurais cru sur un seul regard si je n'avais pas des preuves convaincantes. Il a fallu, Charles, dit-elle avec bonté, le trouble d'un amour aussi violent que le vôtre pour oublier que vous étiez le dépositaire de la petite somme destinée à notre voyage ; et, lorsque nous avons été attaqués, vous ne vous êtes pas aperçu qu'elle était passée dans mes mains sans que vous me l'ayez remise…

— Si vous me l'avez prise en jouant, pendant que je dormais.

— Et, reprit-elle, si c'était un autre, le colonel, par exemple, qui vous l'aurait prise et qui, … tenez Charles, continua-t-elle en rougissant, je m'arrête ; vous devez comprendre que je sais tout. Vous n'êtes plus, dit-elle, qu'un cousin que j'aimerai toujours d'une tendresse de sœur en plaignant vos écarts, mais pour être votre femme, cessez de croire à cette union, vous ne m'aimez pas… si vous m'aviez aimée, vous ne m'auriez pas tenu le langage que j'ai entendu.

— Ainsi, ma cousine, répondit Charles en prenant un air dégagé, vous ne laissez même pas d'espoir : pour une jeune fille qui se pique de quelque dévotion, ce n'est guère imiter la clémence céleste qui, au moins, donne quelque chose au repentir.

— Votre discours ne l'annonce guère.

— Ma cousine, continua Charles, je puis vous jurer que je ne suis point indigne de vous, que je n'ai jamais cessé un instant de vous porter l'amour le plus tendre, et que je donnerais mille fois ma vie pour vous.

— Ah ! cessez, cessez, Charles, ces paroles n'ont aucun prix pour moi, du moment qu'elles ont pu être prononcées à d'autres, et que je le sais.

— Hé bien, ma cousine, rien ne peut m'empêcher de croire qu'une âme comme la vôtre n'ait plus aucune indulgence pour celui qu'elle a aimé, (ici Annette fit un signe de tête négatif) sans qu'il y ait une autre cause ; jurez-moi donc que vous n'aimez pas le propriétaire de Durantal, l'étranger de la voiture.

— Comment, dit Annette, voulez-vous que j'aie un sentiment aussi grand pour un homme que j'ai à peine aperçu ?

À ce moment ils entendirent le bruit d'un équipage, ils se retournèrent et aperçurent une calèche qui venait si rapidement qu'ils n'eurent que le temps de se ranger. Ils y jetèrent les yeux ensemble, Annette rougit, et son cœur battit en reconnaissant l'étranger. Charles Servigné observa le regard mutuel de l'inconnu et de sa cousine, et mettant sa main sur le cœur d'Annette avant qu'elle pût l'en empêcher : « Annette, dit-il, avec un son de voix extrêmement grave, votre cœur, vos yeux et votre rougeur me donnent une terrible réponse !… »

— Mon cousin, reprit-elle avec un mouvement indéfinissable par lequel elle lui prit froidement la main et la repoussa ; à votre âge et au mien, il ne vous est plus permis d'interroger ainsi mon cœur : il y aurait eu, ajouta-t-elle d'un air de hauteur, bien plus d'inconvénient dans ce geste, si je vous eusse aimé ; mais, maintenant !… je ne sais si je dois m'en fâcher… En vérité, dit-elle en riant, vous allez faire tout ce qu'il faudra pour que je m'intéresse à cet étranger.

— Il a, dit-on, dix ou douze millions !… répondit Charles avec un ton perçant d'ironie.

— Voilà, dit Annette, une insulte qui m'est vraiment sensible : je ne croyais pas que Charles Servigné dût me faire sous-entendre un jour que je m'attacherais à quelqu'un, en mettant l'or pour quelque chose dans la balance. Cette dernière phrase me fait voir que vous ne m'avez jamais comprise, et si, comprenant mon âme, vous l'avez proférée, c'est une telle injure que cette phrase seule suffirait pour vous priver de mon cœur. Au surplus, je vous pardonne tout ; et, je vous le répète, rien n'altérera mon amitié…

C'était peut-être la première fois de sa vie qu'Annette parlait aussi longtemps : d'après son caractère méditatif, tout, chez elle, se passait dans l'âme, et elle restait presque toujours silencieuse et réservée. Cette scène était, de sa vie, la seule où elle se trouvât obligée d'entrer dans un pareil débat, aussi la jeune fille était-elle animée et soutenue par cet esprit d'innocence et de pureté angélique qui donnent tant de courage et de fierté.

Après cette dernière explication, elle parut comme débarrassée d'un poids énorme.

TOME PREMIER.

Charles gardait un profond silence : en ce moment une rage sourde emplissait toute son âme, et un levain terrible de regret, de haine, de jalousie, de vengeance fermentait dans son cœur. Il connaissait assez sa cousine pour savoir qu'elle était à jamais perdue pour lui, et, comme il l'adorait véritablement, qu'il avait assis sur son âme la masse totale de ses affections, on doit s'imaginer à quelle cruelle anxiété il était en proie.

Le chemin se fit en silence de son côté, car Annette affecta une tranquillité d'esprit qui redoublait encore l'angoisse de son cousin : elle parut plus affectueuse que jamais, et eut même avec lui beaucoup plus de liberté qu'auparavant.

Revenu au logis, Charles versa toute sa rage dans le cœur de sa sœur qui, loin de calmer sa haine, l'anima encore davantage ; et, sur la description que Charles lui fit du propriétaire de Durantal, Adélaïde s'écria : « Eh c'est lui qui nous a suivies le premier jour que nous avons été au salut, et Annette a pris chaudement son parti quand je me suis avisée de blâmer sa figure. »

Depuis quelques jours l'aversion d'Adélaïde pour Annette s'était augmentée sans que l'on pût assigner de cause certaine à cette répugnance pour sa cousine. Soit qu'Annette eût témoigné de l'éloignement pour les opinions acerbes de sa cousine, dont le caractère était en général disgracieux et *rêche*, soit qu'Adélaïde trouvât qu'Annette valait mieux qu'elle pour la beauté et la douceur, soit encore qu'elle fût mécontente de ce qu'Annette renonçât à l'alliance de son frère, on ne pouvait plus douter de son éloignement pour sa cousine.

Annette s'en aperçut bien ; mais douce et humble comme elle l'était, elle pallia tout, et ces germes de dissidence ne parurent point aux yeux des deux mères.

CHAPITRE VII.

Le jour fixé pour l'union de mademoiselle Adélaïde Servigné avec M. Célestin Bouvier approchait, et tous les préparatifs de cette solennité conjugale se faisaient sans qu'il en coûtât beaucoup, car la boutique de madame Servigné avait fourni tout le trousseau de la mariée, et les deux cousines y travaillaient sans relâche.

Un matin, elles étaient toutes les deux dans le comptoir lorsqu'un homme, d'une figure peu revenante, entra, et sous le prétexte d'acheter diverses marchandises, il resta beaucoup plus de temps qu'il n'en était besoin, causant avec M. Bouvier, et s'informant de la famille : à quand le mariage ? quelle était la mariée ? etc. Annette, qui avait de la répugnance à se tenir dans la boutique, était toujours cachée entre les marchandises étalées et baissait la tête le plus qu'elle pouvait ; ce qui, par parenthèse, occasionnait une guerre sourde entre elle et Adélaïde qui, l'accusant de fierté, lui demandait mille petits services dont elle aurait fort bien pu se passer.

Annette, aux questions multipliées de l'étranger, l'examina ; et, au moment où il allait se retirer, elle remarqua qu'il portait à son cou un cordon de montre de femme qui ne lui était pas inconnu : ce fut quand il sortit, qu'elle se rappela que ce cordon en cheveux était celui de la montre de Pauline. Elle soupçonna l'acheteur d'être un des brigands de la forêt : les brigands la firent penser à l'étranger et à tout ce qui s'en était suivi : son apparition singulière dans l'église, le présage que lui avait fourni son livre de prières, et surtout le carreau de mort sur lequel elle s'était assise. Enfin, Annette, par-dessus tout, remarquait que son voyage avait été rempli d'événements presque tous malheureux : l'étranger avait manifesté de l'aversion pour son cousin ; de son côté, elle en avait ressenti pour M. Bouvier ; *elle*, comme *lui*, avaient eu le même geste de répugnance ; sa cousine ne lui plaisait pas ; sa tante épousait la haine d'Adélaïde ; enfin, elle était dans une gêne singulière en habitant cette maison. Cette rêverie, à laquelle Annette était souvent en proie, portait un singulier caractère de peine et de souffrance, au milieu de laquelle le souvenir et l'image de l'étranger venaient se mêler sans y apporter beaucoup de charmes.

Le soir Charles reçut une lettre pendant le souper, et parut en proie à une joie qu'il dissimulait avec peine : au dessert, il annonça que, par le crédit du duc de N. ***, il venait d'être nommé à la place de Procureur du Roi près le Tribunal de première instance de Valence, et qu'on allait, au moment où la personne lui écrivait, en expédier la lettre de nomination, etc.

— Ah ! grand Dieu, mon cher fils ! s'écria la mère Servigné, te voilà dans les honneurs ! diable, mais tu vas tenir un rang !... Sais-tu que j'ai des papiers qui prouvent qu'avant la révolution nous étions nobles, et que mon grand-père allait aux états de Languedoc ? Tu peux t'appeler *de* Servigné, mon enfant !… et nous quitterons le commerce pour ne pas te faire honte,… ou nous le ferons en gros…

— Ô mon frère, reprit Adélaïde en profitant d'une respiration de sa mère, que je suis aise !… laisse-moi donc t'embrasser.

— Mon neveu, dit madame Gérard, recevez mes compliments, vous voilà un pied dans l'étrier, continuez, et faites fortune : on ne vous souhaitera jamais autant de bien que moi…

M. Bouvier enchérit encore sur les félicitations, et finit en disant : « Hé bien, cousine Annette, vous êtes la seule qui ne disiez rien…

— Ma fille, reprit madame Gérard, n'a rien à dire puisque Charles est son prétendu.

— Ce sont deux noces à faire, répliqua Adélaïde.

— Qu'en dites-vous, ma chère cousine ? demanda Charles.

À ce moment tout le monde regardait Annette qui, par son silence et la froideur de son maintien, avait attiré l'attention.

— Elle se repent !… disait tout bas Adélaïde à son frère.

— Mon cousin, répondit Annette d'une voix émue, vous savez ce que je vous ai dit à ce sujet ; rien ne peut changer ma résolution, à moins que le temps et votre conduite…

— Vous êtes folle, cousine, reprit Charles en regardant tout le monde et faisant un geste qui annonçait qu'il allait expliquer ce que ces paroles avaient de mystérieux. « Annette est fâchée contre moi et me boude parce que j'ai fait la connaissance de L…, la maî- tresse du duc de N. ***, quand elle est venue ici sous le nom de Pauline et qu'elle a voyagé avec nous. Je pardonne volontiers à ma chère cousine en faveur de son inexpérience du monde et des in- trigues nécessaires pour arriver : il faut ne pas connaître la société pour se fâcher d'une aventure aussi heureuse pour moi dans ses résultats, et je vous demande à tous si je n'aurais pas passé pour un grand sot de ne pas profiter d'une circonstance pareille ?

— Et tu as bien fait ! s'écrièrent ensemble madame Sérvigné, sa fille et son prétendu.

Madame Gérard gardait le silence.

— Charles, répondit Annette, cette dernière explication me confirme dans ma résolution. Je vous plains d'être arrivé par de tels moyens ; je souhaite qu'ils vous réussissent et que vous obteniez les plus hautes places, vous avez assez de mérite pour les occuper ; mais vous perdez beaucoup dans mon esprit, et même trop, pour m'avoir jamais comme compagne dans la vie. N'accusez que vous-même de ce refus public, car vous ne deviez pas le provoquer d'après ce que je vous avais dit il y a peu de jours. Je serai éternellement votre amie, je disputerai à tout le monde ce titre, et je ne crois pas qu'on puisse vous aimer d'amitié autant que moi ; mais voilà tout ce que je puis vous offrir. Nous avons été assez frères pour que cette explication de famille n'ait rien d'offensant, mais, si quelque chose vous y blesse, je vous en demande mille fois pardon. Au surplus, le peu de fortune de mes parents me rendait un parti peu sortable pour vous, aussitôt que vous auriez obtenu une place dans l'ordre judiciaire, et celle que vous occupez est tellement élevée, que je ne doute pas que vous ne trouviez, dans votre union, un autre moyen de fortune. Si je vous tiens ce langage peu séant dans la bouche d'une demoiselle, en ce qu'il a de la fermeté et une assurance beaucoup trop grande, c'est que la bonté que mon bien-aimé père et ma tendre mère ont pour moi, m'ont fait croire que jamais ils ne disposeraient de moi contre mon gré.

Annette avait parlé avec tant de modestie, une telle douceur de manières, une si grande tendresse de voix, que ses paroles eurent un charme profond, dont personne, excepté sa mère, ne fut touché ; enfin, son discours avait eu, de plus, l'importance qu'acquièrent les discours des personnes silencieuses : aussi Charles, ne s'attendant pas, d'après le caractère modeste d'Annette, à ce qu'elle le refusât aussi ouvertement, répliqua avec aigreur : « Ma cousine est amoureuse du propriétaire de Durantal, et il n'est donc pas étonnant...

— Charles, dit Annette avec le calme imposant de l'innocence, ne commencez pas votre ministère par une calomnie.

Servigné resta comme atterré sous le regard d'Annette.

On sent combien une scène pareille dut augmenter le froid qui régnait entre chacun : aussi le soir, lorsque madame Gérard se coucha, sa fille eut avec elle une grande conversation dans laquelle il fut convenu entre Annette et sa mère, qu'elles partiraient aussitôt que le mariage serait terminé.

La noce devait se faire dans le local du restaurateur qui se trouvait dehors la ville, et sous le berceau de tilleuls où l'on avait prononcé le nom d'Annette. Madame Servigné aurait bien voulu célébrer la fête autre part, surtout depuis qu'elle savait que son fils était nommé Procureur du Roi : mais sa maison n'offrait aucun moyen de parer à cet inconvénient, et les maisons de ses amis étaient tout aussi petites et rétrécies que la sienne. L'orgueil naissant de madame *de* Servigné s'en tira en prétendant que la noce se ferait *à la campagne.*

Enfin ce jour arriva, et les détails d'une telle solennité sont tellement connus, que l'on ne trouvera pas extraordinaire qu'on en fasse grâce au lecteur. Qu'il suffise de savoir que l'on ne fit aucune faute d'orthographe dans les actes de mariage, que le prêtre n'oublia pas de demander le consentement aux époux, que la mariée avait une robe blanche, vêtement que toutes les mariées s'ingèrent de porter, que le marié paraissait content, qu'il y eut assez de monde à l'église, qu'il y en eut davantage au dîner, et nous arriverons alors à ce qui va intéresser beaucoup plus.

Sur les sept heures du soir, tous les invités se réunirent pour danser sous les tilleuls. Ces tilleuls étaient disposés en rond, de manière que leurs feuillages formaient un dôme de verdure et une salle où l'on dansait mille fois mieux que dans tout autre, car où la joie, la joie divine peut-elle mieux s'épancher qu'en plein air ?... Là, sans que l'âme se rétrécît comme entre les murs boisés d'un salon, le ciel pour plafond, le soleil pour lustre, le sein d'une terre parfumée pour plancher, son gazon pour siège, qui diable n'eût pas dansé ?... Aussi dansèrent-ils avec cette franche gaîté du midi, avec cet entraînement d'âme qui ne se trouve que sous le ciel méridional. L'orchestre ne valait pas grand'chose, le galoubet allait à faux, les ménétriers, s'ils avaient eu des airs notés, n'eussent guère distingué un *sol* d'avec un *mi* ; mais l'on sautait de côté et d'autre comme si c'eût été la dernière fois que l'on dût danser sur le globe, ou que le lendemain l'on eût dû leur couper les jambes.

Il y avait un monde, un monde fou, comme on dit quelquefois ; et la joie du midi est bruyante !... Bien des gens ne conçoivent pas comment l'on peut s'amuser sans cris, et les gens de cette noce étaient tous du parti des crieurs.

Madame Servigné et beaucoup de personnes de la famille remarquèrent, dans la foule, quelque figures brunes et revêches, joyeuses comme les autres, mais un peu plus enluminées, et s'étonnèrent de

ne pas les reconnaître : plus d'une fois madame Servigné alla demander à son fils et à son gendre : « Connaissez-vous cet homme-
là ? » et, à ces questions, Charles répondait : « Ah ! dans une noce,
les amis de nos amis, sont nos amis, » et l'on ne sautait que de plus
belle.

Annette se tenait toujours à côté de sa mère, évitant de danser le
plus qu'elle pouvait, car cette grossière expression de joie, ce tumulte, ne convenaient guère à son âme chaste, pure et contem-
plative, amie du calme et de la paix, comme de la recherche et
de l'élégance. La nuit arrivant, l'on suspendit à chaque tilleul des
quinquets pour pouvoir continuer le bal. À l'instant où l'obscurité devint assez forte pour que l'on eût besoin de ces lumières, les
gens étrangers à la noce vinrent insensiblement se grouper autour
d'Annette.

L'un d'eux, très bien vêtu, l'invita à danser. La contre danse finissait par un tour de valse, Annette fit observer à son cavalier qu'elle
ne valsait jamais : alors ce dernier lui dit très poliment qu'à chaque
tour de valse, ils se retireraient en dehors du cercle pour laisser
valser les autres, et qu'après ils reprendraient leur place pour fi-
gurer. Annette ne trouva rien d'extraordinaire à cette proposition
toute simple. Pendant la première figure, son partener fit un signe
à un autre homme assez âgé et très bien vêtu ; et, sur ce signe, il en
fut rejoint : Annette trembla involontairement en le reconnaissant
pour l'homme qui portait la montre volée à l'actrice : elle fut d'autant plus troublée de cette circonstance que, par l'effet d'un hasard
probablement combiné par son danseur, elle se trouvait loin de
sa mère et placée du côté de la route où les voitures de ceux qui
étaient invités à la noce, étaient stationnées.

L'inquiétude d'Annette n'avait rien de fixe, elle était vague et ne
pouvait porter sur rien, car elle ne se connaissait aucun ennemi :
elle était environnée de plus de deux cent cinquante personnes, et
rien ne pouvait faire croire à un malheur. Cependant il y a de ces
pressentiments qui en imposent, et qu'une jeune personne, du caractère d'Annette, était plus portée qu'aucune autre à écouter.

Sa frayeur fut bien plus forte et ses craintes devinrent sérieuses,
lorsqu'elle s'aperçut, en examinant son danseur, qu'il tournait les
yeux sur la route, et qu'une des voitures, attelée de deux chevaux,
s'approchait de l'endroit où elle dansait. Une idée vague que l'étran-

ger voulait peut-être l'enlever se glissa dans son âme : enfin, depuis que son partener dansait avec elle, elle entendait un bruit d'acier dont elle ne pouvait se rendre compte ; elle crut d'abord qu'il venait de l'argent qui sonnait peut-être dans sa poche, mais à force de l'examiner, elle crut, par les formes des instruments qui paraissaient dans la poche de côté de son habit, que c'étaient des pistolets. Annette, profitant alors d'un balance, y porta la main comme par mégarde, et en acquit la preuve. Annette effrayée, mais sans le faire paraître, dit à son partener qu'elle se sentait si fatiguée que, ne pouvant pas continuer, elle le priait de la laisser rejoindre sa mère. Son cavalier, avec politesse, y consentit, et, lui faisant observer qu'ils ne pouvaient pas traverser la contre-danse, il lui donna la main, et se mit en devoir de la guider en dehors du cercle vers la place qu'occupait Mme Gérard. Annette ne savait pas si elle devait le suivre, et hésitait lorsqu'une dispute s'éleva de l'autre côté ; des cris se firent entendre, et tout le monde se porta vers l'endroit où la querelle éclatait : à ce moment la pauvre Annette sentit qu'on lui mettait un mouchoir sur la bouche ; elle eut beau se débattre, elle fut enlevée par deux hommes et portée vers la voiture sans qu'elle pût jeter un seul cri, et sans que l'on s'aperçût de sa disparition, car l'obscurité, le tumulte, tout favorisa cet enlèvement.

Cependant la pauvre Annette se débattit avec tant de courage pour ne pas être mise dans la voiture que les brigands, craignant de lui faire mal, lâchèrent le mouchoir, et Annette fit entendre des cris perçants qui attirèrent l'attention. Madame Gérard vint chercher sa fille et ne la trouva pas ; elle la demanda, et personne ne put lui dire où elle était. Madame Gérard se mit à crier de son côté : la querelle finissait, et personne ne voyait Annette. Le silence s'établit, et la mère reconnut, dans le lointain, la voix de sa fille qui criait au secours ; mais bientôt les cris cessèrent, et quoique des jeunes gens eussent couru dans la direction du lieu d'où la voix partait, ils ne virent rien. Cet événement fit suspendre le bal, et l'on doit juger du trouble et de la confusion que madame Gérard répandit dans l'assemblée par ses plaintes et ses pleurs. L'indignation fut au comble, et sur-le-champ quelques personnes montèrent à cheval, et sur l'avis que donna un domestique que les ravisseurs avaient pris le chemin de Durantal, ils s'élancèrent sur cette route pour la parcourir.

Lorsque Charles Servigné apprit cette circonstance, il en tira la conclusion qu'Annette était enlevée par l'étranger de la voiture : il la communiqua à sa mère qui le redit à sa fille, qui le dit à son mari, de manière que tout le monde fut bien persuadé qu'Annette Gérard aimait le riche américain, possesseur de Durantal, et que c'était ce dernier qui l'enlevait. Le nouveau Procureur du Roi fut secrètement joyeux de pouvoir commencer son ministère par une affaire dans laquelle Annette se trouvait compromise, et où, en paraissant la venger, il satisferait à son amour dédaigné, et surtout se vengerait du mouvement de mépris que l'étranger s'était permis dans la diligence.

Ces pensées furent, malgré lui, dans son âme, et l'on peut dire qu'il y a peu d'hommes dans le cœur desquels elles n'auraient pas surgi.

Pendant que la noce interrompue était en proie au tumulte et à la confusion, et que madame Gérard pleurait sa fille, Annette criait toujours, emportée qu'elle était par cette voiture rapide : elle voyageait par des chemins de traverse, et souvent ses guides parcouraient les champs ensemencés. Annette voyant bien que ses cris étaient inutiles, se mit à pleurer sans écouter de ce que lui disaient ses conducteurs. Ces derniers n'étaient plus les mêmes hommes qui l'avaient enlevée : l'un s'était trouvé à cheval en postillon, et l'autre dans la voiture : celui-là ne faisait aucune violence à Annette, et seulement l'empêchait de se jeter par la portière de la calèche. Enfin, sur le sommet d'une colline, Annette aperçut deux hommes qui se promenaient : de loin, elle agita son mouchoir en appelant au secours. Elle crut voir ces deux ombres se mouvoir et l'un des deux courir avec une force et une agilité étonnantes : l'éloignement ne lui permettait pas de croire que l'on pourrait atteindre la calèche, et elle perdit toute espérance quand la voiture, entrant dans une gorge de montagnes, s'arrêta devant un rocher creusé, au fond duquel brillait une lumière.

— Mademoiselle, lui dit son conducteur, ne craignez rien ; il ne vous sera fait aucun mal, et dans quelque temps on vous ramènera à Valence et chez vous sans que vous ayez à vous plaindre de nous.

Annette, sans répondre un seul mot, entra dans la caverne avec les deux hommes qui la gardaient. On la conduisit vers le fond où elle distinguait avec peine un lit et quelques meubles : il faisait humide, et le silence qui régnait lui permit d'entendre retentir sur la route, au-dessus du rocher, les pas précipités d'un homme.

Elle était parvenue au lit, une lampe éclairait faiblement quelques chaises et une table, et cette lueur rougeâtre se perdait sur les parois de telle sorte, qu'à cinquante pas on ne distinguait plus rien. Annette effrayée ne disait mot, lorsque tout-à-coup un homme fond sur les deux gardes et les terrasse avant qu'ils aient pu se reconnaître ; il s'empare d'Annette, la prend dans ses bras, la serre avec une force étonnante ; puis il reprend sa course, et franchit la caverne avec la même rapidité qu'il venait de mettre à la parcourir. Il sort, regagne le sommet du rocher, et court à travers la campagne en emportant Annette tremblante.

Cette dernière, pour ne pas tomber, avait été obligée de passer ses bras autour du cou de son libérateur, et lorsqu'elle fut sur le rocher, la lueur de la lune lui permit de reconnaître l'étranger de la voiture à sa grosse tête frisée si remarquable. Annette alors ne savait plus si c'était un libérateur ou un ennemi ; quoiqu'il en soit, elle ne cria plus et n'osa même pas se plaindre de la force avec laquelle l'américain serrait ses deux jambes mignonnes : il paraissait mille fois plus fort et n'avait rien à porter, tant il mettait de vitesse à franchir les espaces. Jupiter, enlevant Europe, n'était pas plus léger.

Après un gros quart-d'heure, pendant lequel l'étranger ne ralentit en rien son pas, Annette vit de loin une masse énorme d'arbres et les murs d'un parc : elle y arriva bientôt, et l'américain, la posant à terre avec précaution, tira une clef de sa poche, ouvrit une grille, et dit à Annette : « Vous voici à l'abri des poursuites de vos ravisseurs. »

D'après cette phrase, la tremblante Annette n'eut pas autant d'inquiétude, et elle suivit l'allée sombre et tortueuse qui se trouvait devant la grille que son libérateur venait d'ouvrir.

Ils marchèrent en silence, et éclairés par la douce lueur de la lune qui éclairait malgré le sombre toit formé par le feuillage. Annette ne savait que dire, et l'américain n'osait même pas la regarder. Enfin, après une marche assez longue, Annette aperçut les tours d'un ancien château féodal, et elle ne tarda pas à y arriver.

— Mademoiselle, dit l'étranger en modérant le volume de sa voix et tâchant de prendre des inflexions douces, je vous offrirais bien de vous faire reconduire à l'instant même où vous pourriez le désirer, mais la nuit est avancée, nous ne connaissons ni le nombre, ni les intentions de vos ravisseurs, et je crois, sauf votre avis, qu'il serait plus prudent de rester à Durantal.

Annette interdite ne sut que répondre : elle regarda timidement l'étranger, et baissa ses yeux en apercevant cette grande, mâle et terrible figure qui semblait déposer tout ce qu'elle annonçait de pouvoir et d'énergie à l'aspect d'Annette. La jeune fille en fut en quelque sorte flattée, et l'étranger, interprétant son silence, tira un sifflet, et, sifflant trois coups, fit venir deux domestiques auxquels il demanda de la lumière : il attendit avec Annette sur le perron jusqu'à ce qu'ils fussent revenus.

Le deux domestiques accoururent avec des bougies, et guidèrent Annette et leur maître, à travers les appartements, dans un magnifique salon qu'ils éclairèrent aussitôt.

FIN DU PREMIER VOLUME.

TOME DEUXIÈME.

CHAPITRE VIII.

Annette fut surprise de la magnificence et du luxe qui éclataient dans le salon où elle était alors. La rapidité des événements qui venaient de se passer ne lui laissait pas le loisir d'une réflexion bien profonde, et elle ne pouvait que se laisser aller à ce mouvement machinal des sens qui, dans les circonstances les plus grandes de la vie, produit souvent des choses singulières, telles que le silence de l'aberration quand il faudrait parler, et le langage de la folie quand il serait urgent de se taire ; le rire au lieu de la gravité, et la gravité au lieu du rire.

Annette était assise sur un fauteuil de velours noir (couleur de mauvais présage, qu'elle abhorrait, et dont, par la suite, elle se rappela le triste augure en des moments bien critiques) ; une table de marqueterie très riche la séparait de l'être extraordinaire qui, depuis huit jours, errait dans ses méditations sans en être l'objet principal, absolument comme dans la tragédie de Corneille, dont la mort de Pompée est le sujet ; ce grand homme voltige, remplit la scène tout mort qu'il est, et semble éclipser César triomphant.

L'étranger, le coude appuyé sur la table, ne disait mot et paraissait embarrassé ; Annette, toujours tremblante, gardait le silence, et un spectateur, s'il y en avait eu un pour cette scène singulière, aurait cru, qu'entre ces deux êtres, il s'agitait un fantôme qui les dérobait l'un à l'autre. Alors Annette, jetant un furtif regard sur son hôte, et voyant sur sa figure les marques d'un combat intérieur, fut frappée une seconde fois de l'idée qu'elle était en quelque sorte à sa discrétion, et la terreur s'empara d'elle.

L'américain, de son côté, semblait en proie à une situation si violente, que son caractère s'en démentait. Cette figure énergique et audacieuse prenait tous les caractères de la timidité, et bientôt des gouttes de sueur parurent sur son front, sans qu'aucune puissance humaine eût pu lui faire prononcer un seul mot : il se contentait de regarder à la dérobée la jeune fille qu'il venait de sauver, et ces regards étaient empreints d'un feu si violent, qu'il en paraissait terrible et sombre.

Cette situation, précédée de tous les petits événements dont on vient de lire le détail, sans compter l'enlèvement extraordinaire et romanesque d'Annette, était d'un prodigieux intérêt pour les âmes de ces deux acteurs, et il y avait quelque chose d'original dans leur mutuel silence, quoiqu'au fond il soit très naturel dans les grandes émotions.

L'étranger se leva, sonna, et demanda par son nom une demoiselle qui arriva bientôt précédée de l'ami du maître de la maison : ce dernier, en entrant, lança un sourire presque moqueur sur Annette et son ami. Alors l'américain, s'adressant à la jeune demoiselle, rompit le silence en lui disant de conduire Annette à son appartement, et de veiller à ce que ses moindres désirs fussent satisfaits. Annette se leva, balbutia quelques mots, et, saluant les deux amis, elle se retira lentement, ayant recueilli un dernier regard de l'étranger, regard qui fut empreint d'une telle force, qu'il alla jusqu'à son cœur.

En fermant la porte du salon, elle entendit son libérateur dire à son ami, avec un accent de dépit : « Mille canons ! j'aimerais mieux être devant une batterie et sûr de mourir même, que devant elle !… j'étais comme une cire qui fond au soleil, sans énergie, et une honte !… »

Annette n'en entendit pas davantage, car elle continuait de marcher en suivant la femme de chambre qui la guidait à travers les appartements. La phrase qui venait de parvenir à son oreille suffisait pour lui révéler l'étendue de la passion de l'étranger pour elle, et l'expression brusque de ce sentiment ne pouvait guère déplaire à mademoiselle Gérard.

— Mademoiselle, lui dit sa femme de chambre, en lui ouvrant une porte, vous voici dans l'appartement de Madame…

— Que voulez-vous dire ? répondit Annette, en l'interrompant, car cette dénomination lui apportait une foule d'idées.

— Mademoiselle, répliqua la jeune fille, c'est le nom de cet appartement. Avant que Monsieur achetât ce château, cette chambre avait toujours été la chambre à coucher de la maîtresse de la maison ; et comme Monsieur n'est pas marié, cet appartement reste inhabité.

Cette explication satisfit Annette qui, fatiguée des événements de cette journée, s'endormit bientôt avec cette naïve confiance, l'apanage des belles âmes, qui fait que l'on croit difficilement au mal.

Cependant la conversation qui s'était entamée quand Annette sortit, avait continué, et elle est trop intéressante pour que nous la passions sous silence.

— Et, continua l'amant d'Annette, une honte invincible me faisait rougir et trembler ; je ne croyais pas qu'une jeune fille fût si imposante !…

— C'est que probablement tu l'aimes, lui répondit son ami, car tu n'as pas toujours eu les mêmes procédés avec Mélanie de St-André, dont ta vengeance a causé la mort. Franchement, il est difficile de reconnaître l'audacieux auteur de la révolte à bord de la *Daphnis* dans celui qui tremble aujourd'hui devant une jeune fille, surtout après avoir passé toute sa vie sans faire attention aux jolies princesses que nos camarades et moi-même avons festoyées… Tu avais raison d'avoir honte !… tandis que tu devrais n'être occupé qu'à de grandes choses, depuis une quinzaine, te voilà devenu moins qu'un vieux sac à argent tout vide.

Ici l'américain retourna sa tête vers son ami par un mouvement plein de grandeur, il lui lança un regard foudroyant, et lui dit : « Je suis maître de moi,… et je l'ai été des autres !...

TOME DEUXIÈME.

— Morbleu ! tu l'es encore de moi !... reprit le discoureur ; mais j'ai des droits sur toi en ma qualité d'ami dévoué ; on ne sépare pas l'arbre de l'écorce, et je dois te dire que tu es dans un mauvais chemin. Que diable feras-tu dans ce pays ?… qu'y prétends-tu ?... Est-ce à toi à pourrir à Durantal aux genoux d'une fille qui ne sera jamais ta maîtresse et dont tu ne feras pas ta femme ?…

— Pourquoi pas ?... reprit-il vivement, si elle m'aime, si elle est digne de moi ; pourquoi ne vivrais-je pas ici tranquillement avec toi, ma femme, mes enfants ?… mes enfants !… répéta-t-il avec force ; conçois-tu, après une vie aussi agitée et aussi terrible que la mienne, le bonheur de presser des marmots de ces mêmes mains qui ont serré si souvent la mort ?… Vernyet, nous sommes des gueux !...

— Attends, dit Vernyet en se levant et regardant dans l'enfilade de pièces qui de chaque côté s'étendait : bon, il n'y a personne, continue...

— Nous sommes des brigands !... le regard de cette jeune fille m'a fait voir cela mieux que je ne l'avais jamais vu ; or, quand deux capitaines forbans, pirates, corsaires et féroces, comme nous l'avons été, se trouvent avoir atteint un port de salut, se voient au milieu de dix millions, considérés ou prêts à l'être, c'est folie de ne pas rester tranquilles, de ne pas se croiser les mains derrière le dos en contemplant le présent, sans regarder l'avenir ni surtout le passé.

— Tu le veux, dit Vernyet[1], soit !... mais, mille cartouches, ne restons pas en France où à chaque instant nous pouvons être reconnus ; Argow est signalé et Vernyet aussi !...

— Argow peut l'être ! ce n'est pas mon nom !…

— Maxendi l'est aussi, reprit vivement Vernyet avec un sourire.

— Et je ne me nomme ni Argow ni Maxendi !…

— Qu'es-tu donc ?… le diable ?… l'antéchrist ?… quoi ?…

— Je suis, reprit Argow, je suis un enfant de l'amour ; mais, en tous cas, l'on ne m'a pas fait beau. Pour te dire quels furent mes parents, je l'ignore ; mais, ce que je sais, c'est que je suis de Durantal, et voilà pourquoi je veux rester en ce pays : Valence, comme tu le vois, est

---

1 Vernyet, dans le *Vicomte des Ardennes,* était le premier lieutenant et l'ami intime d'Argow-Maxendi, pirate forcené, auteur de plusieurs crimes, tels que l'assassinat de M. de Saint-André et de sa fille Mélanie. (*Note de l'éditeur.*)

ma patrie.

— Ce sera, dit Vernyet, désormais la mienne...

— Demain, continua Argow, demain, je puis savoir quel est le nom sous lequel on m'a baptisé, car, en m'exposant sur la voie publique, on a eu soin de me mettre un petit écrit au cou ; et le matelot qui m'a trouvé, ce pauvre Hamelin, l'a toujours conservé. À Charles-Town, la veille d'être pendu, il m'apprit tout cela ; et, lorsqu'il fut frappé à mort, il m'a remis ce chiffon de papier. Comme voilà la seconde fois que je viens ici depuis trois ans, je n'ai pas encore songé à une pareille vétille, car que l'on pende Argow, Maxendi, Jacques, Pierre ou Paul, cela m'est fort égal : quand on dispute sa vie à chaque minute, on s'inquiète peu de son nom : avant de penser à nommer son château, il faut l'empêcher d'écrouler. Cependant, sans savoir qui je suis, attendu que je suis propriétaire de Durantal, j'ai pris, par la grâce de Dieu et ma volonté, le nom de Marquis de Durantal, puisque j'en possède le fief et que l'ancienne noblesse reprend ses titres... Du diable si l'on pense à chercher, dans M. le Marquis, l'Argow de la *Daphnis !*... d'ailleurs, Badger[1] est préfet ici, il le sera longtemps, et j'espère que nous pouvons être tranquilles.

— M. le Marquis, dit en riant Vernyet, voudrait-il se donner la peine de chercher son papier et ses titres de noblesse ?

Celui que nous appellerons désormais M. de Durantal se leva, et, faisant tourner par un secret le dessus de la table en marqueterie auprès de laquelle il était, il prit une liasse de papiers et se mit à chercher.

— Depuis deux ans et demi, dit-il, que nous sommes en France, nous avons toujours été comme des lévriers qui chassent au renard, courant après nos vieux chiens de brigands pour les faire taire, achetant et visitant des propriétés ; je crois que voilà, depuis que je suis ici, le premier moment de repos... J'ai fourré là tous les papiers qui concernent la terre de Durantal, et je veux que le diable m'emporte si j'y trouve de l'ordre !... Il faudra, Vernyet, que tu te mettes l'intendant, voir les fermiers, parcourir les propriétés, les environs, nous mettre bien avec tout le monde... Ah ! voici !...

Les deux amis s'approchèrent avec curiosité, et lurent, sur un par-

---

1 M. Badger, dans le *Vicaire des Ardennes,* était un banquier dont la fortune venait principalement des bienfaits d'Argow, et qui ignorait les antécédents de la vie de son bienfaiteur. (*Note de l'éditeur.*)

chemin tout crasseux et qui sentait encore le tabac du dépositaire, la phrase suivante que l'on pourrait nommer une phrase baptistaire :

Jacques, né le 14 octobre 1786, dans la paroisse de Durantal, fils de S… et de M…, baptisé le lendemain par M. M…, curé du lieu.

— Ton extrait de baptême est facile à trouver, s'écria Vernyet ; mais tes parents ?...

— Mes parents, reprit le Marquis de Durantal, je n'en connais qu'un : c'est ce pauvre Hamelin qui me donnait du tabac, me faisait grimper sur les mâts, me barbouillait de rhum et de goudron. L'océan est mon berceau, les vaisseaux mes langes, et le vieux matelot ma nourrice ; si je l'eusse écouté, je serais resté honnête homme !… mais quand j'ai été pirate, il l'a été : pauvre bonhomme, il m'aurait suivi au diable !...

— Tiens, s'écria Vernyet en frappant sur l'épaule de Jacques, tu as un charme d'homme qui est invincible !… Mais écoute-moi, Jacques, puisque Jacques est ton nom, ne te marie pas !… prends cette jeune fille pour maîtresse, et reste ce que tu es : un diable incarné, châtiant la terre, un instrument de fer que *je ne sais qui* fait mouvoir : de temps en temps nous prendrons un brick, et, pour ne pas nous rouiller, nous irons nous dégourdir les doigts en frottant les anglais ou les espagnols, n'importe qui, pourvu que nous sentions les boulets nous friser la tête ! et puis après, nous reviendrons ici tout joyeux ; tu retrouveras ta chère enfant et moi la mienne, elles viendront à notre rencontre… Elles nous conduiront ici, dans un petit paradis...

— Finiras-tu, reprit Jacques et veux-tu ne pas me rompre la tête de tes sornettes ?… Ma main ne se lèvera plus que pour ma défense, mon pied n'écrasera plus personne que pour ma vengeance ; enfin, je veux vivre en bourgeois de la rue Saint-Denis, et épouser cette jeune fille… entends-tu : voilà mon dessein ; il est là (*et il montrait son front*).

— En ce cas, dit Vernyet, c'est une affaire finie, n'en parlons plus ! mais me réponds-tu que madame Jacques ne mettra pas à la porte l'ami du capitaine ?

— Jamais cela ne sera de mon vivant ! ne sommes-nous pas frères ?...

— Allons, puisque je vivrai toujours avec toi, que nous serons toujours ensemble, le reste m'est indifférent : bonsoir.

Les deux amis se séparèrent en se donnant une poignée de main, et quelques instants après tout dormit dans le château.

D'après cette conversation, l'on doit voir que M. de Durantal ne croyait éprouver aucune difficulté à épouser Annette, et il parlait de son amour et de ses desseins pour elle avec cette assurance qu'ont tous les gens habitués à ne trouver aucune résistance à leurs volontés ; du reste, il n'est personne qui, riche comme l'était Argow, n'eût eu la même conviction.

Cependant Annette dormait, et son sommeil, par un effet du hasard, se trouvait empreint de ses pensées de la veille. L'influence qu'un rêve avait sur son esprit nous oblige à le raconter tel qu'il fut, et ainsi qu'elle le raconta souvent par la suite quand elle récapitulait toutes les petites circonstances que nous avons fidèlement rapportées, et qui lui servaient de présages.

Elle rêva, elle qui était si chaste et si pure, et cette partie de son rêve lui donna la souffrance horrible du cauchemar ; elle rêva qu'après bien, des combats Argow se trouvait à côté d'elle, sur son propre lit virginal, dans cette chambre de Paris que nous avons décrite au commencement de cette histoire. Là, une fois que cet être extraordinaire y était parvenu, elle éprouvait de lui une multitude infinie de soins et de délicatesses, un respect même qui ne semblait pas compatible avec les manières et le caractère qu'on devait supposer à son époux d'après son aspect ; car, en effet, elle se rappelait l'avoir épousé, mais cette souvenance, dans son rêve, n'arrivait qu'alors que M. de Durantal franchissait l'obstacle qu'Annette avait élevé entre elle et lui.

Cette jeune fille, poussée par l'influence absurde du rêve, triomphait de sa propre pudeur et de toutes ses idées ; enfin, pour vaincre le respect étonnant de ce singulier être, qui voyait en elle une divinité et la traitait comme telle, Annette folâtrait et badinait avec lui ; elle jouait, et, en jouant, elle prenait cette tête énorme aux cheveux bouclés et l'appuyait sur son épaule d'albâtre, passait sa main dans la chevelure, et, par ces caresses enfantines et pures, elle semblait l'encourager. Pourquoi ? elle l'ignorait ; mais une chose qui la flattait au dernier degré, c'était de voir deux yeux étinceler et se baisser tour à tour.

TOME DEUXIÈME.

Ce fut alors que, posant cette tête sur son sein, elle, aperçut sur le cou une ligne rouge imperceptible, fine comme la lame d'un couteau, et cette ligne, rouge comme du sang, faisait le tour du cou de son époux, précisément au milieu. À peine ses yeux eurent-ils vu cette marque, qu'une sueur froide la saisit et l'arrêta : comme une statue, elle garda la même attitude ; elle voulait parler sans le pouvoir, et une horrible peur la glaçait. Elle s'éveilla dans les mêmes dispositions, tremblante, effrayée, et son cœur battait si fortement qu'il ressemblait, par son bruit, à une voix entrecoupée.

Dans les idées d'Annette, un rêve était un avertissement émané du domaine des esprits purs qui saisissaient l'instant où le corps n'agissait plus sur l'âme pour guider, par des images informes de l'avenir, les êtres que leur amour pour les cieux rendaient dignes de l'attention spéciale de ces esprits intermédiaires qui voltigent entre la terre et le ciel.

Or, ce rêve avait une signification qu'Annette n'osait même pas entendre et, dans son appartement faiblement éclairé par sa lampe, elle tâchait de ne rien regarder, parce qu'elle tremblait d'apercevoir cette tête de son rêve, et, par-dessus tout, elle voulait oublier cette ligne de sang. Elle se rendormit pourtant après avoir secoué sa terreur, mais elle revit encore en songe, et dans un songe dénué de toutes les circonstances du premier, cette même tête, scindée par cette même ligne qui semblait marquer son époux d'un horrible sceau.

Les teintes fraîches et pures de l'aurore la trouvèrent encore dans cette même horreur, mais en proie à l'irrésolution et à tout le vague de l'interprétation d'un tel songe. Elle s'agenouilla, fit sa prière, non pas une prière verbale telle que souvent l'on en inculque aux jeunes gens par l'effet de leur belle mémoire, mais une prière mentale dans laquelle elle rassemblait toutes les forces de son âme pour prendre un essor vers les cieux. Se réfugiant ainsi, par un élan sublime, dans le sein même de la grande Providence qui régit les univers qu'elle a créés, Annette, plaintive et soumise, demandait, face à face, au Dieu que sa méditation lui faisait entrevoir, le bonheur auquel chaque créature a droit, ou tout au moins la force de la résignation et le courage de supporter les épreuves de son pèlerinage terrestre.

Annette, après cette prière, se trouva comme soulagée ; elle venait en quelque sorte de déposer le fardeau de sa crainte aux genoux du père des hommes : c'était à Dieu à veiller désormais sur elle, sur la plus confiante de ses créatures, sur celle qui, par instinct de sentiment, croirait à Dieu quand même un athée prouverait que l'Être suprême n'existe pas.

Elle se leva, ouvrit la fenêtre qui donnait sur les jardins et le parc ; et après en avoir franchi les trois marches, elle admira la vue étonnante de beauté que lui présentèrent toutes les belles campagnes de Valence comme inondées des flots de la lumière du soleil levant. Elle se promena en admirant la beauté du parc, mais plus encore la magnificence des bâtiments immenses de Durantal. « Cela est bien beau, se disait-elle ; » mais, ramenée partout à ses idées religieuses, elle ajouta : « Mais Dieu seul est grand. »

En parcourant les jardins, elle arriva à la cour d'honneur du château, et, après l'avoir examinée, elle vit une autre cour dans laquelle des valets nettoyaient une calèche élégante. Annette entendit les valets causer entr'eux, et le fragment suivant de leur conversation la convainquit de la pureté des intentions du généreux possesseur de Durantal.

— Pierre, disait un Monsieur qu'Annette ne voyait pas, vous mettrez à la calèche les deux chevaux blancs ! Monsieur va aller dans l'instant à Valence, et c'est Jean qui le conduira.

Annette, par suite de sa croyance que nul ne faisait mal, n'avait pas été inquiète, elle ne s'était alarmée que pour sa mère : cependant la phrase qu'elle venait d'entendre lui causa une espèce de satisfaction ; il était clair que son hôte allait la reconduire à Valence chez sa mère.

CHAPITRE IX.

Alors Annette ne se trouvait pas loin de la porte d'entrée du château, mais comme cette porte était décorée d'un hémicycle en pierre à l'extérieur, mademoiselle Gérard était cachée par le renflement de ce demi-cercle à l'intérieur : elle contemplait le château et restait pensive, car un pressentiment invincible, malgré tous les présages du malheur et son opposition présente, lui faisait regarder ce château avec l'idée qu'il *lui serait de quelque chose*[1].

_____
1 Ayant sollicité l'indulgence des lecteurs, on voit que ce n'est pas sans motif ; mais

En ce moment un homme franchit la porte et s'avance vers le château, Annette le vit et frémit ; cet homme était celui qui avait dansé avec elle la veille, et qui, d'une main insolente, avait osé l'enlever et la mettre dans l'infernale voiture.

Aussitôt elle s'échappa par le côté des jardins, et, avec la vélocité du lièvre poursuivi, elle regagna sa chambre, et sonnant avec force, elle ordonna à la femme de chambre qui accourut, de dire à M. de Durantal de venir sur-le-champ.

Argow[1] ne tarda pas d'une minute. Annette était dans le salon qui précédait la chambre dans laquelle elle avait passé la nuit. « Monsieur, dit-elle avec une dignité et une énergie étonnantes, l'homme qui m'a enlevée et qui a porté les mains sur moi, vient d'entrer chez vous comme si le château lui était familier ?... ayant donné à cette phrase l'air d'une interrogation, elle fixa les yeux d'Argow, qui lui répondit sur-le-champ :

— Mademoiselle, je l'ignore ; mais, quel qu'il soit, vous verrez jusqu'où ira ma vengeance.

— Pourquoi vous venger, dit Annette, il n'a offensé que moi…

À ce moment un domestique entra, et dit à Maxendi : « Monsieur, un inconnu vous demande. »

— Son nom ?...

— Navardin, répliqua le domestique.

— Mademoiselle, dit Argow en se tournant vers Annette, ayez la complaisance de rester ici.

Maxendi se rendit à son grand salon, s'assit dans un fauteuil, dit qu'on pouvait faire entrer le ravisseur d'Annette, et ordonna que tout le monde se retirât.

— Capitaine, dit Navardin en entrant et gardant son chapeau sur la tête, tes gens ont décrété que tu te rembarquerais avec eux, et, comme tu dépends deux, il faut que cela soit.

— Navardin, reprit Maxendi d'un ton de voix dont le flegme affecté cachait la plus violente colère, tu remarqueras que tu m'as appelé *ton capitaine*, que tu as dit *mes gens*… continue...

— Hé bien ! continua Navardin tremblant malgré tout son cou-

ici, pour rendre une idée aussi vague, il fallait des expressions non moins vagues.
1 Quoique ce personnage se soit fait appeler Marquis de Durantal, nous l'appellerons tantôt Argow et Maxendi, tantôt Jacques et M. de Durantal.

rage, je viens chercher ta réponse…… En effet, tu as dénoncé tous tes anciens camarades à la préfecture : ils sont forcés de fuir ou courent les plus grands dangers ; ils sont sans fortune, et veulent en acquérir ; or, pour n'avoir plus à te craindre, ils t'appellent au milieu d'eux : les possessions espagnoles sont révoltées, on peut courir la mer sans honte en se mettant à leur service.

— Navardin, répondit Argow d'une voix toujours croissante en force et en terreur ; si j'ai dénoncé mes anciens camarades, c'est qu'ils m'y ont forcé pour mon salut : s'ils n'avaient rien dit en m'apercevant dans la diligence, on ne m'aurait pas soupçonné. Il a été clair pour tout le monde, que je devais vous connaître ; obligé de parler, j'ai raconté à Badger, non pas ce que je savais, mais une histoire faite à plaisir. Voilà pour un point. Mes gens veulent de l'or ? qu'ils aillent en chercher : mais à qui prétend-t-on que j'obéisse ?… est-ce à eux à m'intimer des lois ? réponds ! tu te tais ; je le crois, car c'est à eux d'en recevoir. Ils sont sans fortune, dis-tu ? c'est qu'ils l'ont mangée, car chacun a eu sa part, et le dernier matelot a eu cent mille écus au moins, sans compter ce que vous mangiez toutes les fois qu'on descendait à terre. Est-ce vrai ?...

— Oui ! répondit Navardin interdit.

— Tu crois que je dépends d'eux, reprit Argow en imprimant à sa voix un caractère terrible ? Mille bombes je ne dépends de personne au monde, et un pistolet me fera toujours raison de ma vie ; je ne l'ai pas risquée cent mille fois pour la marchander maintenant : je me moque de vous tous comme d'une allumette d'un liard, et si vous avez le pouvoir de me faire bouger d'une ligne, vous serez des dieux !…

— Nous l'avons… dit Navardin.

— Et comment ?

— Chacun de nous peut te dénoncer à l'instant.

— Ce serait un grand imbécile, car, d'abord ou il serait gueux et voudrait de l'argent, ou il serait riche et aurait quelque chose à perdre. Riche, il ne me dénoncerait pas parce qu'il périrait avec moi ; et gueux, je lui donnerais tout ce qu'il me demanderait… après, je ne le craindrais guère ! il se serait désigné !…

Ici la figure d'Argow, revenue à toute sa férocité primitive, exprimait, par son seul aspect, tout ce qu'il taisait.

TOME DEUXIÈME.

— Ce n'est pas tout, dit Navardin ; écoute ! Nous t'avons juré le secret et nous te le garderons ; mais nous avons pris un autre moyen ! Nous savons qui tu aimes…

— J'en suis bien aise, dit Argow en saluant ironiquement Navardin.

— Et nous tenons en notre pouvoir la jeune fille que tu voudrais…

— Qui l'a enlevée ?… s'écria d'une voix formidable Argow en se levant et interrompant Navardin, réponds !

— Moi ! cria Navardin.

— Ah, c'est toi qui as porté sur elle des mains sacrilèges !…

Le terrible Maxendi faisait trembler par sa voix les vitres de l'appartement, il sauta sur le brigand, et, le saisissant par le collet de son habit, il le contraignit à le suivre…

— Ah, disait-il, c'est toi qui as souillé par le contact de tes mains celle que nul n'est digne de toucher ! viens, viens !… et il l'entraîna.

Il lui fit traverser tout l'appartement, et le jeta tout effrayé aux pieds d'Annette étonnée. « Mademoiselle, lui dit-il, voici le coupable !… Navardin, lève les yeux !… » et, d'un coup terrible, il lui prosterna la tête sur les pieds même d'Annette, à laquelle il dit : « Mademoiselle, foulez sa tête avec vos pieds ! dégradez-le !… vengez-vous !... »

— Monsieur, dit Annette tremblante à l'aspect de Maxendi en proie à une si violente colère, Monsieur, je désire qu'on le laisse tranquille !… laissez, je lui pardonne !…

— Vous pouvez lui pardonner !… mais, moi… je verrai !… Ce que ce dernier mot cachait n'était certes pas l'idée de la clémence.

Laissons pour un moment Argow, Navardin et Annette, dans cette singulière situation, et retournons à la porte du château.

Vernyet y était accouru parce qu'il avait aperçu Annette s'enfuir à toutes jambes ; et, comme Navardin était déjà entré, il ne savait à quoi attribuer cette course précipitée ; lorsque, regardant dans la campagne, il vit au bout de l'avenue cinq à six personnes qui se dirigeaient vers le château : trois de ces personnes étaient vêtues de noir, et un homme en robe noire les guidait. Vernyet crut qu'Argow et lui étaient découverts, et il cherchait en sa tête les moyens de se soustraire à cette attaque ; mais, pendant qu'il réfléchissait, le procureur du roi arriva près de lui. Ce procureur du roi était

Charles, soutenu d'un juge d'instruction et d'un commissaire : il avait, comme on voit, fait diligence, et brûlait de mettre à exécution ses projets contre son rival.

— Que veut Monsieur ?... demanda Vernyet d'un air arrogant.

— Monsieur, répondit Charles Servigné, c'est moi qui interroge et ne le suis jamais !…

— Encore faut-il que je sache, répliqua Vernyet, à quel titre ? comment, et pourquoi vous entrez à Durantal ?

— Nous venons, répliqua plus doucement le juge d'instruction, faire des perquisitions relativement à une accusation d'enlèvement qui est portée contre M. de Durantal, au sujet d'une jeune demoiselle nommée Annette Gérard.

Ces paroles firent sourire légèrement Vernyet qui, regardant alors le nouveau Procureur du Roi, le reconnut, lui tendit la main, lui prit la sienne, et lui dit : « Et c'est notre cher compagnon de voyage ! entrez, Monsieur, vous serez bien reçu à Durantal, de quelque manière que vous y veniez, en costume ou sans costume ! diable, la justice valançaise est expéditive… »

Charles ne savait quelle contenance tenir, ce ton léger n'annonçait pas des coupables. Il répondit néanmoins : « Monsieur, ne retardez donc pas son expédition, conduisez-nous, au château avant que vous n'y semiez l'alarme !… »

— Pierre, dit Vernyet, conduisez ces messieurs au salon.

Cette phrase sèche, plus sèchement dite encore, accompagnée d'un coup-d'œil sur Charles, lui fit pleuvoir, en quelque sorte, le mépris sur la tête. Servigné se sentit violemment outragé, et Vernyet ne négligea rien pour cela, car il s'en alla lentement sans saluer le groupe.

Pendant que l'on dirigeait Charles vers le salon, Vernyet cherchait Argow, et il le trouva au milieu de la scène que nous avons interrompue pour raconter ce nouvel incident.

— La justice, dit-il tout haut, vient de descendre ici…

Ces mots produisirent un notable changement : Navardin se leva brusquement, Argow porta sa main dans son sein, Vernyet se mit à rire, et Annette étonnée contempla ce tableau curieux.

— Sors, dit Argow à Navardin, ce n'est pas à la justice à te punir…

Navardin sortit par le jardin, et Argow le suivit en le guidant vers une cave dont l'entrée se trouvait dans une grotte en rocaille.

Lorsqu'ils y entrèrent, Maxendi lui dit d'un ton inflexible : « Navardin, il faut périr, car j'ai décidé que ce serait ta punition pour avoir osé profaner, par le contact de tes mains, celle que j'ai choisie pour moi. Ai-je jamais seulement regardé vos maîtresses lorsque vous en aviez ?… N'as-tu pas manqué à l'obéissance et au respect que tu me devais ?... Or, où la justice n'a pas de prise, car je serais fâché de te voir entre ses mains, *ma justice à moi* s'exerce : obéis à ton capitaine... avance !… c'est ton dernier pas !… »

Navardin, en entendant cette sentence sortir de la bouche de son ancien chef, trouva qu'il était dur pour lui, qui était devenu à son tour capitaine, de périr de cette manière ; alors il se retourna brusquement, et, tirant un pistolet de son sein, il ajusta, presqu'à bout portant, son ancien capitaine, auquel il enleva une boucle de cheveux.

— Ah, ah !… dit ce dernier en passant la main sur son front avec tranquillité, tu es digne de moi. En achevant ces mots, il ne lui laissa pas le temps de saisir son second pistolet. En effet, Argow prit Navardin à bras le corps, le renversa par terre avec une force si grande, qu'il ne pouvait opposer aucune résistance. Réunissant alors les deux mains du brigand sur sa poitrine, il les y fixa d'une manière invariable en les tenant sous son pied de fer, et pendant que Navardin cherchait à se sauver de cette espèce d'étau, Argow tirait tranquillement de son doigt une bague d'or dans laquelle se trouvait une épingle, il la prit, et la plongeant dans la poitrine du brigand, ce dernier expira aussitôt que la pointe de cette arme d'un nouveau genre eut atteint le sang d'un vaisseau.

Maxendi revint vers la chambre d'Annette tranquillement et comme s'il eut accompli un devoir. Pendant qu'il avait ainsi vengé mademoiselle Gérard, il s'était passé une autre scène très intéressante.

En effet, lorsque l'on eut introduit Charles et sa troupe dans le salon, au lieu de s'y arrêter, il avait continué ; et, pénétrant jusqu'à la chambre où se trouvaient Annette et Vernyet, il fut stupéfait de revoir sa cousine, qu'il croyait sous des verrous.

En l'apercevant ainsi libre, son esprit malicieux en conclut sur-le-champ qu'elle s'était fait enlever volontairement, et pour excuser, aux yeux du public, son amour pour M. de Durantal, par l'idée que la force employée à son égard l'avait jetée à la merci des ravisseurs. Alors, satisfait de pouvoir se venger du mépris qu'Annette avait pour lui, et cela à la vue de tout le monde, il lui dit d'un ton plein d'affection, et comme un père à sa fille :

— Êtes-vous libre, Annette ?...

— Oui, Charles, répliqua-t-elle en appuyant sur cette syllabe.

— Oh ! Annette, reprit Charles Servigné, si vous êtes ici volontairement, quelle singulière comédie la passion vous a fait jouer devant une assemblée tout entière !… Vous n'en avez sans doute pas prévu les effets, car j'ose croire, si toutefois votre caractère religieux ne m'en a pas imposé, que vous eussiez renoncé à votre dessein : votre mère est au désespoir ; elle a pleuré toute la nuit, demandant sa chère fille à chacun. Cette nuit qui, pour les nouveaux mariés et pour votre tante, devait être une nuit nuptiale, a été une nuit de désolation !... Moi-même, ardent à venger avec vous l'ordre social, j'ai armé les lois d'une célérité qui leur était inconnue : je me suis hâté, mes soupçons ont été bientôt pour moi des réalités ; j'arrive, je vous trouve, et quelques heures ont suffi pour tout apaiser entre vous et votre ravisseur !… Oh ! Annette, vous, si religieuse, si grande, si candide, si pure, où vous retrouvai-je ?… quel chagrin pour madame votre mère ! il l'emportera au tombeau !…

Le groupe, en entendant ces artificieuses et vindicatives paroles si bien colorées d'un air de vérité par les circonstances, trouva que le nouveau Procureur du Roi avait une éloquence touchante : mais Vernyet, qui étudiait Charles et semblait lire dans ses yeux, devina que ce discours n'était pas sincère ; d'un autre côté, il était bien aise de voir Annette dégradée dans l'opinion publique, parce qu'alors Argow n'en ferait pas sa femme ; et cependant la haine secrète que le visage de Charles faisait naître en lui, fut cause de sa réponse.

— Monsieur, lui dit-il, à l'instant où vous trouvez ici mademoiselle libre, vos fonctions cessent : vous devriez vous retirer, et lui épargner vos inconvenants discours.

— Êtes-vous son ravisseur ?… lui demanda Charles.

— Si je l'étais et qu'elle l'aimât, comme vous le supposez gratuitement, je vous aurais déjà jeté par la fenêtre, tout Procureur du Roi que vous êtes !

À ces mots qu'Argow entendit, il entra, et sa figure prit une expression terrible à l'aspect de ce groupe. Annette, comme une vierge au pied de la croix, était tellement accablée sous le poids du perfide langage de son cousin, que, semblable à un agneau que l'on frappe, elle regardait fixement Charles sans pouvoir répondre un seul mot.

— Monsieur, reprit Charles avec une grande dignité, ce que je dis à mademoiselle, je ne le dis pas à titre de magistrat, c'est à titre de père, de cousin, d'ami…

— Mon cousin, mon ami, mon père, reprit Annette les larmes dans les yeux, aurait pu me dire cela en particulier ; il se serait surtout informé si j'avais été enlevée volontairement avant de le supposer… Il ne m'aurait pas mis la mort dans le cœur en me disant que je tue ma mère !… ici les larmes d'Annette devinrent si fortes qu'elle ne put achever ; elle tomba dans un fauteuil en se cachant le visage, et des sentiments bien divers s'emparèrent des cœurs.

— Qui la fait pleurer ici ?… s'écria Argow en lançant un foudroyant regard qui fit trembler tout le monde : il palpitait de rage et semblait chercher sa victime. Je le saurai, dit-il, malheur à lui !…

— Monsieur, dit Annette, sublime d'effroi, vous me perdez en prenant ma défense !… Dites-leur donc que vous m'avez sauvée, que vous alliez me reconduire à l'instant, que… je ne sais, le monde pensera ce qu'il voudra, mais ma conscience est pure, elle est muette à me reprocher la moindre chose ! et Dieu, ma mère, mon père aimé, sont mes seuls juges !… mais, mon généreux libérateur, cessez de parler comme si je vous étais de quelque chose, il n'y a entre nous d'autre lien que celui de la reconnaissance.

— Qui peut expliquer un tel mystère ?… demanda le juge d'instruction.

— Est-il besoin de l'expliquer ! reprit Argow ; mais, s'écria-t-il, je vais vous parler à tous : Vous allez retourner à Valence ? écoutez-moi bien ! et suivez de point en point ce que je vais dire. On a enlevé mademoiselle. Je me promenais avec mon ami que voici, hier soir, et j'ai de loin aperçu une voiture de laquelle partaient des cris : j'ai couru, j'ai délivré mademoiselle : il était trop tard pour la reconduire à Valence, j'allais le faire ce matin quand vous êtes venus. Mademoiselle a passé la nuit au château de Durantal, voilà la vérité. Si dans Valence un être ose tirer de ceci une conséquence défavorable à mademoiselle, je jure que lui ou moi périrons, et que, si je péris, celui que voilà me vengera !...

— Oui, dit Vernyet.

— Ce n'est pas tout ! reprit Argow, je vous permets de publier partout que j'aime mademoiselle, qu'elle a en moi un serviteur, un ami dévoué, que si jamais je me marie, et qu'elle me permette d'oser aspirer à elle, je n'aurai jamais d'autre femme ; que quiconque lui fera mal, lui nuira, sera mon ennemi capital ! que, dussé-je dépenser un million, je la protégerai désormais contre toute attaque, et quiconque osera tirer de ceci une conséquence défavorable, je jure qu'alors il mourra, car il m'aura fait insulte, ou si je meurs, Monsieur que voici me vengera !...

— Oui, dit Vernyet.

— Maintenant, Messieurs, dit Argow en changeant subitement de ton, voulez-vous prendre quelque chose ?… Pierre, des sièges...

— Quoiqu'il en soit, dit Charles, ceux qui ont enlevé mademoiselle Gérard avaient un but, et la société ne doit pas rester sans vengeance ; notre ministère nous impose le devoir de chercher ce but et les auteurs de l'enlèvement.

Ici Argow reconnut en Charles le jeune homme de la diligence, cette reconnaissance lui fit froncer le sourcil, et sa physionomie reprit un caractère terrible. « *Jeune homme*, lui dit-il, *vous vous trouvez sur mon passage dans la vie !…* » Il y avait un sens à ces paroles, elles firent impression sur l'assemblée. « Vous y êtes mal !... prenez garde !... » Argow ne dissimula en rien l'aversion qui lui dicta ces derniers mots.

— Je n'ai fait que mon devoir, dit Charles, et nulle considération ne m'empêchera de suivre toujours ce qu'il m'indiquera ; mais je dois vous prévenir que ma cousine a tout mon amour, qu'elle m'est promise…

— C'est faux !… s'écria Annette en voyant Argow dévorer Charles des yeux ; je n'ai aucun motif qui ne parte de la vérité, pour démentir ainsi mon cousin : Charles, vous savez que nous ne sommes rien l'un à l'autre, et, quand cela n'aurait pas été déjà, le discours que vous venez de tenir tout à l'heure, sur une amie que vous connaissez dès l'enfance, aurait suffi pour briser tout lien entre nous... je comprends votre regard ironique, Charles, mais sachez que je n'ignore pas que je suis à Durantal, que le maître n'entre pour rien dans ma protestation, et que ce qu'il a dit tout à l'heure n'a pas plus influé sur mon âme, que mon image sur la glace que je vois en ce moment. J'ignore qui m'a enlevée ; mais, ce que je sais, c'est que ce n'est pas Monsieur, car, depuis que je suis ici, il ne m'a pas encore dit trois phrases… vous me connaissez, Charles ? et votre conscience doit vous crier que rien que la vérité ne sortira jamais de la bouche d'Annette.

— Maintenant, Monsieur, dit-elle à Maxendi, ordonnez, je vous prie, qu'on me reconduise seule à Valence : malgré le plaisir que j'aurais à être présentée à ma mère par mon libérateur, je sens que…

— Non, mademoiselle, votre cœur vous dira, répondit Argow, que l'opinion d'êtres aussi éloignés de votre nature n'est rien. Permettez que j'ose réclamer l'honneur de vous accompagner. Si vous avez passé une nuit sous les voûtes de Durantal, vous pouvez, sans qu'il n'en soit ni plus ni moins, être reconduite à votre mère par moi.

— C'est vrai, dit Annette, ne pas le faire ce serait reconnaître du mal, et il n'y en a aucun.

Dans cette matinée, le caractère d'Argow venait de se déployer tout entier, Annette avait brillé de tout le lustre de l'innocence, et Charles se montra tel qu'il devait toujours être, enclin à satisfaire ses passions sous le masque de l'intérêt général, orgueilleux, mais, par cela même, susceptible de sentiments nobles.

On déjeuna, tout le monde fut réuni autour de la même table, mais le déjeuner fut froid de conversation. Le juge d'instruction eut mille égards pour Annette, surtout pour le maître de la maison qu'il savait être l'ami intime du préfet et riche à millions. Il lui parla de sa terre, du pays, de Valence, et parut enchanté qu'une semblable méprise lui eût procuré l'honneur de se trouver avec M. de Durantal ; méprise qui du reste n'avait été faite que sur la volonté de M. le Procureur du Roi.

Argow, à cette phrase par laquelle le juge rejetait tout sur Charles, regarda Servigné avec une horrible expression de haine.

Le déjeuner fini, on monta en voiture, Annette fut seule au fond de la calèche, son cousin et Argow se mirent sur le devant, les autres personnes eurent leur voiture, et l'on partit pour Valence.

En chemin, Annette dit à M. de Durantal que, toute flattée qu'elle devait être de lui avoir inspiré les sentiments qu'il avait manifestés, elle le conjurait de n'y point persister, et surtout d'empêcher que les circonstances de cette matinée, sous ce rapport, devinssent publiques. Argow resta muet.

CHAPITRE X.

La calèche élégante de M. de Durantal s'arrêta devant la modeste boutique de madame Servigné, ce qui produisit comme un spectacle pour tout le voisinage. La tante, la cousine et la mère d'Annette étaient, comme bien on le pense, accourues sur le seuil de la boutique, et le plus grand étonnement s'était emparé d'elles à la vue d'Annette dans ce brillent équipage. Adélaïde pensa soudain qu'elle épousait le millionnaire, et une effroyable jalousie s'élevait dans son cœur ; madame Gérard, pour le moment, ne voyait que le bonheur de retrouver sa fille ; et pour madame Servigné, oh ! elle parlait ! qu'elle eût joie, affliction ! tout chez elle s'exprimait par des paroles.

Argow, sans s'inquiéter du flux d'interrogations et d'exclamations qui sortait du gosier de la mercière, descendit en donnant la main à Annette, rouge et confuse : puis, la présentant à madame Gérard, il lui dit : « Madame, voici votre fille que j'ai eu le bonheur de pouvoir arracher à ses ravisseurs ; soyez persuadée qu'avant que la justice ait seulement cherché son glaive (en prononçant ces mots il regardait Charles) on avait vengé votre fille : quant aux motifs de son enlèvement, dans lesquels, croyez-moi, votre fille n'était pour rien, c'est un mystère bien singulier que rien ne pourra découvrir. S'il m'était permis, Madame, de réclamer un prix d'une obligeance aussi naturelle, je ne demanderais que l'honneur de pouvoir vous présenter souvent mon hommage et mes respects. »

Madame Gérard interdite de se voir, pour la première fois de sa vie, l'objet des respects d'un millionnaire en équipage et pour ainsi dire dans toute sa gloire, balbutia quelques remercîments en acceptant les hommages de M. de Durantal, qui remonta dans sa voiture et partit.

Adélaïde, sa mère et M. Bouvier avaient, pendant ce temps, examiné la figure de Charles, et l'embarras, l'air sombre de ce dernier, leur avait donné tellement à penser, que, chose extraordinaire, le silence régnait.

Lorsque chacun fut remonté, le silence d'Annette et celui de Charles excitèrent la curiosité au plus haut point ; mais l'état de gêne dans lequel se trouvèrent ces deux acteurs qui étaient censés instruits, firent que l'on se sépara mécontents les uns des autres.

Madame Gérard et Annette étant seules dans leur chambre, la fille se jeta dans les bras de sa mère, et après lui avoir raconté ce que le lecteur sait déjà, voici ce qu'elle ajouta :

— Ma mère, cette aventure va faire grand bruit dans Valence : mon cousin et ma cousine, d'après ce que Charles s'est permis, ne la raconteront pas à mon avantage ; alors je ne crois pas que nous ayons d'autre parti à prendre que de quitter Valence au plutôt. Revenues à Paris, les discours de Valence ne nous atteindront guère, d'autant plus que notre essai de voyage ne nous ayant pas réussi, nous ne reviendrons plus dans ce pays. »

Madame Gérard approuva fort ce parti, parce qu'elle ne se trouvait non plus guère bien de l'hospitalité de sa sœur. En effet, les premiers jours ces quatre femmes avaient été charmées de se revoir ; mais bientôt madame Gérard s'aperçut 1° qu'elle ne pouvait jamais parler ; 2° qu'elle écoutait toujours les mêmes choses ; 3° qu'Adélaïde était jalouse d'Annette, et que cette jalousie produisait une foule de petites tracasseries insupportables ; 4° qu'Adélaïde ayant fait partager sa haine à sa mère, et Charles ayant une animosité bien plus forte contre Annette, il s'ensuivit qu'on trouva madame et mademoiselle Gérard de trop dans la maison : 5° qu'on n'avait pas tardé à le leur faire apercevoir.

Alors il fut décidé que l'on quitterait Valence dans les deux ou trois jours, et madame Gérard se garda bien de dire à Annette qu'elle voyait avec peine qu'elle allait s'éloigner de M. de Durantal, en qui elle entrevoyait un beau parti pour Annette, d'après les derniers regards que le millionnaire avait jetés sur elle.

Pendant que la mère et la fille discouraient ainsi, Charles racontait les événements de la matinée à sa manière ; c'est-à-dire que, par ses insinuations perfides, il faisait sous-entendre beaucoup plus de mal qu'il n'en aurait dit en parlant ouvertement contre Annette. Adélaïde Bouvier ne considérait pas la chose si gravement que son frère qui parlait morale et mœurs ; pour elle, être l'amie de M. de Durantal était un crime, en ce qu'Annette faisait preuve d'une grande supériorité.

— Mon dieu ! disait Adélaïde, qu'a-t-elle donc pour s'être fait enlever ? je lui vois une taille comme une autre, des yeux qui ne parlent qu'à l'église, l'air d'une fille qui est toujours dans le cinquième ciel, et dans les espaces imaginaires comme si elle rêvait je ne sais quoi… voyez-donc, on lui donnerait le paradis sans confession !… et *cela* s'enlève !...

— Ce que j'y vois, disait la mère, c'est qu'elles vont rester longtemps chez nous, à moins que l'américain ne leur loue un bel hôtel à Valence, dame !… Annette va tenir un grand état !...

Nous passerons sous silence tout ce que l'amour-propre offensé, l'amour de parler, d'interpréter et la haine, inspirèrent à ces parents que nous allons bientôt perdre de vue.

Au dîner, Adélaïde, après avoir accablé Annette de toutes ces petites et basses manœuvres que suggère la haine, et qu'il est impossible de définir et de décrire, parce que ces sortes de traitements consistent dans l'air de la figure, le son des paroles et les regards, Adélaïde, disons-nous, lui dit ironiquement : « Ma chère cousine, vous comptez sans doute rester encore longtemps à Valence ?... je gagerais même que vous pensez à y demeurer… »

— Non, répondit Annette, et ma mère… elle s'arrêta comme pour laisser parler madame Gérard.

— Annette dit vrai, reprit en effet madame Gérard, je compte partir demain ou après-demain.

— Comment ! ma sœur, s'écria madame Servigné, vous partez si vite !… oh ! que j'en suis désolée !… Et qui peut vous faire sauver comme cela ?… ce ne sont pas vos affaires !… ce n'est pas que vous soyez mal ici, ce n'est pas l'aventure de ce matin !… qu'est-ce donc ?... Vous ne voulez donc pas voir mon Charles paraître à l'audience d'après-demain au palais ? c'est mal cela ! après tant de temps d'absence se revoir si peu !…

Elle continuait toujours ; mais là, Adélaïde, laissant parler sa mère, ajouta : « Si c'est notre petit établissement qui gêne ma cousine,

TOME DEUXIÈME.

qu'elle se rassure ! mon frère a loué un très bel appartement dans un hôtel à Valence, nous y demeurerons et ne ferons plus, dans quelque temps, le commerce qu'en gros.

Annette allait répondre, ce qui aurait fait un concert de trois voix lorsque Charles, en parlant, imposa silence à tout le monde.

— Je suis désolé, dit-il, que ma cousine quitte Valence au moment où la place importante que j'occupe allait me permettre de lui faire voir la haute société de cette ville, et je croyais franchement que cette haute société ne lui serait pas désagréable.

— Mon cousin, dit Annette, je n'oublierai jamais que je ne suis que la fille d'un simple employé : la modique fortune de mon père ne me permet pas de si hautes destinées : le bonheur s'y trouve peu pour une femme, et il faudrait que le sort me fût bien fortement imposé pour jamais paraître à une si grande hauteur : pour les hommes, c'est différent.

— Ma chère sœur, répondait madame Gérard à sa sœur qui n'avait cessé de parler bas à son oreille, la santé de M. Gérard, et l'isolement dans lequel il se trouve, ne nous permettent pas une plus longue absence. Alors, si demain nous pouvons trouver des places, nous partirons… J'ai vu ma nièce, elle est heureuse et paraît devoir l'être longtemps avec M. Bouvier, ainsi je vous vois d'autant plus tranquilles que Charles vient d'obtenir un beau poste. Ce soir nous vous ferons nos adieux.

Cette détermination étonna fort la famille Servigné, et, chose qui l'étonna encore davantage, ce fut de voir le lendemain Annette et sa mère faire leurs préparatifs de départ et leurs adieux. Charles ne put croire à cette résolution que quand il vit sa tante et sa cousine dans la voiture. Leurs adieux furent froids, et chacun en se quittant fut comme débarrassé d'un poids. Pour les Servigné, c'était le poids des bienfaits ; pour Annette et sa mère, celui de la gêne de se trouver avec des êtres si peu en harmonie avec eux.

La famille Servigné avait conduit les voyageurs à l'hôtel des diligences, pour les accompagner jusqu'au dernier moment. En revenant au logis, Adélaïde, la première, aperçut de loin l'équipage d'Argow arrêté à la porte de la boutique : on hâta le pas, et Adélaïde, en faisant mille minauderies, apprit à Maxendi qu'Annette venait de partir pour Paris. Sur-le-champ, sans remercier ni saluer, il fit signe à son cocher qui partit au grand galop !...

On parla longtemps et beaucoup à Valence de cette histoire singulière, mais on finit, comme on aurait fait partout, par n'en plus parler. Nous quitterons donc cette ville où nous serons bientôt ramenés par les événements[1].

Cependant Annette et sa mère voyageaient en silence : Annette, en effet, avait beaucoup à penser. Jusqu'à ce fatal voyage, sa vie s'était écoulée tranquille, pure et exempte d'événements ; elle avait été circonscrite dans un cercle de devoirs fidèlement accomplis, dans le travail, la retraite et la paix. L'horizon de ses espérances s'était borné à l'hymen de son cousin, et si ses regards se portaient plus loin dans l'avenir, c'était pour contempler la beauté des cieux, et songer, en faisant son salut, à acquérir l'éternelle félicité des anges. Pendant ce voyage, la source limpide de sa vie avait été troublée, son âme et sa prière avaient été constamment pures, mais elle venait de perdre l'ancre, sa vie n'était plus arrêtée à un but fixe : elle tendait bien toujours au ciel, mais elle avait perdu le compagnon sur lequel elle comptait pour arracher les épines du chemin et la soutenir dans cette route difficile. Le temps qui venait de s'écouler avait été marqué par des événements rares dans la vie, par des aventures véritablement romanesques ; de plus, son cœur contenait le germe d'une pensée involontaire, car, malgré elle-même, elle pensait à cette multitude de présages parmi lesquels il ne s'en trouvait pas un seul d'heureux, présages qui tous entouraient l'apparition d'un étranger, d'un inconnu qui paraissait aimer. Cet homme apportait avec lui un monde tout nouveau : la richesse, l'éclat, un nom distingué ; ses voitures portaient l'empreinte d'armes héréditaires ; de là, une vie nouvelle, séduisante pour Annette dont l'âme était portée vers le luxe et l'élégance, mais une vie dont la splendeur rendait encore plus difficile le chemin du salut. Ensuite cet homme dont l'âme exaltée, violente, répondait à la bizarrerie de sa conformation brillante de force, et qui péchait même par trop de sève comme un arbre aux branches luxuriantes, cet homme était-il un bon guide dans la vie ?... Annette le connaissait-elle ?... à cela elle se répon-

---

1 Nous laisserons ces personnages jusqu'au moment où ils reparaîtront, sans les suivre dans leurs actions ; c'est ainsi que plus d'un, lecteur trouvera extraordinaire que M. Charles Servigné, qui a dû tout à Pauline et qui en a été protégé pour le moment pendant lequel ils se sont vus, paraisse ne pas avoir plus de reconnaissance : c'étaient des détails inutiles que nous avons supprimés.

TOME DEUXIÈME.

dait, superstitieuse comme on sait, qu'il lui était apparu comme donné par Dieu !…

Ce monde de réflexions plongeait Annette dans une incertitude cruelle et une méditation toute remplie de l'image de M. de Durantal. Au milieu de cette rêverie, la nuit arriva insensiblement. La mère Gérard dormait, les autres voyageurs, car la voiture était pleine, dormaient aussi. La lune se leva de manière que l'on pouvait voir sur la route : Annette regardait machinalement le chemin ; et, au milieu de ses pensées, se rappelait les événements qui marquèrent son premier voyage. Depuis un instant elle entendait le bruit d'autres chevaux que ceux de la voiture : elle se recueillit pour s'en assurer, mais elle crut s'être trompée en ne les entendant plus, soit que ce bruit se confondît avec celui que faisaient les chevaux de la voiture, soit que réellement il n'y eût pas de chevaux étrangers.

Elle arriva bientôt à l'endroit où la calèche d'Argow s'était cassée. Le souvenir de cette aventure devint plus énergique, et alors elle examina en elle-même et plus attentivement l'espèce de sentiment qu'elle portait à cet étranger. « Si elle était aimée autant qu'elle aimerait elle-même, si cet être à l'amour grand et énergique de l'homme, joignait la pudeur, les délicatesses, la tendresse d'âme d'une femme, pourquoi ?... » Là, elle s'arrêta, et le bruit de chevaux devenant plus fort, elle eut peur ; et, regardant sur la route, le premier objet qu'elle aperçut, ce fut, auprès de la portière, la figure d'Argow !… Il était à cheval suivi d'un postillon, et il se tenait constamment à côté de la voiture depuis qu'Annette s'était aperçue de ce bruit étranger.

Aussitôt qu'elle l'eut vu, elle se rejeta au fond de la voiture avec une vivacité et une promptitude étonnantes, et son cœur fut comme frappé. Ce mouvement ressemblait à celui de la peur ; mais il était du nombre de ces sensations indéfinissables qui en comprennent une foule d'autres : ainsi Annette fut à la fois flattée de cet effort et chagrine par pudeur, en ce qu'au jour quatre voyageurs allaient savoir qu'elle était l'objet de cette poursuite : elle eut de la terreur, parce que cette brusque apparition, qui coïncidait avec sa pensée et l'expression extraordinaire de cet homme étrange, causèrent à son âme une surprise trop forte. Elle se trouva dès lors lancée dans une autre région de sentiments… Qu'allait-*il* faire ?… quel était *son* but ?… Le trot de ces deux chevaux retentissait dans l'âme de la jeune fille, et malgré elle une voix secrète lui disait : « *Tu es bien aimée !* »

Il y avait, dans ce sentiment, quelque chose de plus vif ; de plus séduisant pour un esprit de femme, que dans ce qui avait produit le sentiment d'Annette pour son cousin. La grâce des premiers ans, la fraîcheur des idées, les caresses enfantines, les soins, forment un ensemble touchant ; mais une amitié de frère et de sœur est loin de pouvoir entrer en concurrence avec la vigueur, l'énergie, la violence du sentiment d'un amant passionné, capable de dépasser à chaque instant les bornes de la raison et de la possibilité humaine, et qui peut acquérir, par la suite, tout ce que le premier sentiment a de fraîcheur et de beauté.

Annette, comme bien on pense, ne dormit pas. De temps en temps elle voyait Argow avancer de quelques pas et regarder dans la voiture, épier un des regards de celle qu'il suivait ainsi et la contempler avec d'autant plus de plaisir qu'il avait plus de peine à obtenir ce doux aspect.

Au matin, Maxendi se trouva si fatigué que, malgré toute sa force et l'habitude qu'il avait de souffrir, il suivait à peine la voiture, quelquefois il dépassait, mais sa douleur le forçait à rester en arrière. Les voyageurs éveillés s'amusèrent de ce manège, et comme le froid du matin contraignait Maxendi à s'envelopper d'un manteau, et qu'il était difficile de reconnaître à quelle classe il appartenait, les voyageurs riaient, et ce fut à qui plaisanterait sur le courrier. Parmi ceux qui se trouvaient dans la diligence, le voyageur qui était en face d'Annette ne tarissait pas. « Ah ! disait-il, il n'ira pas comme cela jusqu'à Paris ; il faudrait être de fer !… S'il court après la fortune, il fait bien de courir vite ! si c'est un solliciteur, je parie qu'il est gascon, il n'y a que les gascons capables de courir ainsi, etc. »

Madame Gérard se réveilla et ne manqua pas de voir celui dont on parlait : elle jeta une exclamation, et regarda sa fille après avoir reconnu Argow, Annette rougit, et le silence qu'elle réclama de sa mère, à voix basse, intrigua les voyageurs.

Heureusement qu'au moment où un regard d'Argow mettait le comble à la curiosité des voyageurs, la diligence s'arrêta devant l'auberge où l'on devait déjeuner. Annette, sa mère et tous les voyageurs, se trouvèrent réunis dans la salle, et ce fut alors qu'Annette trembla en voyant Argow entrer dans cette salle et demander le

TOME DEUXIÈME.

conducteur avec lequel il sortit.

Depuis l'aventure de son cousin avec Pauline, Annette, se souvenant de la gêne qu'elle avait éprouvée aux repas communs que l'on fait en voyage, s'était bien promis de ne jamais participer à de tels repas où souvent on se trouve compromis ; alors elle demanda pour elle et pour sa mère une chambre particulière. Aussitôt qu'elle fut rendue à cette chambre dont les fenêtres donnaient sur la cour de l'auberge, elle entendit une vive discussion entre le conducteur et M. Maxendi.

— Je vous offre cent francs ! disait ce dernier.

— Mais, Monsieur, je ne le puis pas !…

— Deux cents ! continua Maxendi.

— C'est impossible !…

— Trois cents, quatre cents, cinq cents, mille francs, deux mille francs ! et en disant cela, la colère commençait à s'emparer de lui.

— Mais, Monsieur, dit le conducteur, laissez-moi vous expliquer que ce n'est pas mauvaise volonté.

— Comment ? dit Argow.

— Monsieur, ma voiture est complète, il n'y a pas de places, je suis sur l'impériale, je n'ai pas le pouvoir de déplacer quelqu'un.

— C'est vrai, répondit Argow, hé bien, faites venir celui qui se trouve en face de la jeune demoiselle qui est au fond.

Le conducteur reparut bientôt avec le voyageur.

— Monsieur, dit Argow, des raisons d'un ordre supérieur et que je suis obligé de taire, me forcent de prendre votre place dans la voiture, je n'ai aucun droit à cela, et je ne puis m'en emparer qu'autant qu'il vous plaira de me la céder.

— Monsieur, répondit le voyageur, je ne puis vous céder ma place, parce qu'il faut que je sois à Paris après-demain pour affaires urgentes.

— Monsieur, nous perdons du temps, répliqua vivement Argow ; je vous offre tout ce qui pourra vous dédommager.

— Rien ne le peut, Monsieur.

— Hé bien, dit Argow, je vous offre une calèche pour vous, et je vous paie votre voyage en poste.

— Ah ! s'il en est ainsi, s'écria le voyageur, j'accepte.

Argow proposa au voyageur d'aller à l'autre extrémité du village de S. *** où sa calèche raccommodée devait se trouver, et ils s'en furent à l'instant même.

Annette et sa mère, surprises au dernier degré, s'entre-regardèrent pendant quelque temps, et madame Gérard dit enfin à sa fille : « Mais, Annette, par quel événement cet étranger a-t-il pu se prendre d'attachement pour vous au point de faire de pareilles folies ?… »

— Ma mère, je l'ignore !… répondit-elle. Ah ! je voudrais qu'on pût avoir une faible idée d'Annette, prononçant ce mot devant sa mère ! Qu'on pût se la dépeindre interdite, les yeux baissés et relevés tour-à-tour vers sa mère, voir ces yeux brillans du feu pur de l'innocence, cette bouche sur laquelle la naïveté semblait siéger, et ce front étincelant de pudeur et de religion : ce mot, prononcé comme Annette venait de le dire, formait tout un discours.

Au moment où l'on remonta en voiture, Annette aperçut le voyageur qui était vis-à-vis d'elle passer dans la calèche d'Argow, et la première chose qu'elle vit en reprenant sa place, ce fut M. Maxendi à celle du voyageur. Elle s'y attendait, et elle put alors se mettre dans la voiture avec un air d'indifférence dont Argow ne pouvait pas se fâcher. Cependant Annette trouvant en elle-même que cette conduite emportait avec elle un air de culpabilité, réfléchissant enfin qu'elle agissait comme s'il y eût eu quelque chose entr'elle et lui, elle prit la parole en lui disant qu'elle ne s'attendait guère à avoir l'avantage de voyager avec lui, et qu'il fallait une affaire bien importante pour lui avoir fait quitter le divin séjour de Durantal.

Honteuse d'avoir parlé, et craignant en parlant de faire soupçonner quelque chose, elle attendit, le cœur tout ému, la réponse de M. de Durantal.

Argow balbutia, sans regarder Annette, quelques phrases insignifiantes, et garda le silence. Une extrême agitation, une violente secousse semblait remuer tout son être : à voir le mouvement de son habit sur sa poitrine, on eût facilement cru que son cœur voulait briser les liens qui l'attachaient à son sein. Quand il osa contempler Annette, il baissa aussitôt ses yeux qu'il sentait exprimer une flamme terrible et jeter du feu. Il évitait le contact de la robe d'Annette, comme si cette robe eût été la tunique de Nessus. Parfois il regardait madame Gérard, et cet homme, dont l'intérieur annonçait tant de hardiesse, d'indépendance et même des nuances de caractère plus fortes encore, abaissait ses regards jusqu'à leur faire prendre une expression de prière et de supplication. Cette figure qui n'avait jamais exprimé la crainte et le respect, cherchait à en contracter les traits.

Annette aperçut sur les lèvres des voyageurs un sourire qui lui déplut si fort, qu'elle ne se sentit pas assez courageusement chrétienne pour le supporter une seconde fois. Elle n'ignorait pas que la présence d'Argow lui valait cette pensée secrète des étrangers ; aussi, au troisième relais, elle saisit un moment où les voyageurs étaient occupés par d'autres objets, et, regardant M. Maxendi, elle lui dit à voix basse : « Monsieur, votre présence me déplaît ; et, en vous éloignant, vous feriez une action dont il vous serait tenu compte en un monde meilleur. »

À ces paroles, Argow parut ému, une sueur froide coula sur ce front altier, il regarda Annette par un de ces regards dont l'expression à rendre n'appartient qu'au pinceau des *Gérard*, et il dit en tremblant : « Vous plairais-je, en sortant ?... » Annette fit un signe de tête, une larme roula dans les yeux de Maxendi, il l'étancha avec un dépit et une rage concentrée, puis d'une voix forte il s'écria : « Conducteur, arrêtez !... » On arrêta, il salua tout le monde, regarda la jeune fille, et disparut.

Ce fut une énigme pour tout le monde, excepté pour Annette. À ce moment, elle ne put contraindre dans son âme un mouvement de joie en voyant avec quel despotisme elle agissait, et avec quelle soumission elle était obéie. En effet, les âmes grandement religieuses aiment le despotisme : d'abord, parce que les âmes empreintes d'un tel sentiment n'ont que de fortes idées, et que le despotisme n'est pas une idée dépourvue de grandeur et de poésie même ; enfin, les cœurs religieux, ressentant le despotisme à un haut degré, aiment à l'exercer à leur tour : l'idée de Dieu ne doit pas se trouver dans un cœur à côté de sentiments mesquins.

Or, cet être qu'Annette avait vu naguère déployer une énergie, une violence et un caractère extraordinaires, et qui semblait toujours courber tout sous sa volonté, cet être sacrifiait beaucoup pour obtenir une chose presqu'impossible ; il y parvenait ; et, sur un mot, sur un pli du front de celle qu'il adorait, il brisait lui-même son propre bonheur, ouvrage de tant de soins, de fatigues et d'argent, si toutefois l'idée de l'argent a pu entrer dans le calcul de la religieuse Annette.

Quoiqu'il en soit, elle fut triste après le départ de Maxendi : elle regarda quelquefois changer les chevaux, et jeta en même temps un furtif coup-d'œil sur la route, mais elle n'aperçut plus ni cheval de poste ni amant.

Nous ne savons si jusqu'ici ces détails et le narré de ces événements nécessaires ont plu ; mais, ce que nous savons, c'est que si l'intérêt n'est pas encore né, il ne naîtra jamais dans cet ouvrage. Il est vrai de dire aussi que nous ne considérons encore ces détails que comme préliminaires, et que s'il y a de la diffusion, elle a été nécessitée par la nature même des caractères de nos personnages qui, à l'exception de deux ou trois, sont maintenant tous connus.

CHAPITRE XI.

Annette et sa mère arrivèrent à Paris sans encombre et sans autre aventure. En entrant dans la cour des diligences, Annette fut singulièrement surprise en apercevant M. Maxendi dans un brillant équipage. Il était posté dans un coin, épiant tout de l'œil, et, lorsqu'il reconnut Annette, la joie parut sur son visage. De l'endroit où il était, il la suivit des yeux, la contempla, examina ses moindres mouvements, et lorsqu'Annette et sa mère montèrent dans un fiacre, Annette entendit la voiture d'Argow suivre la leur.

Cependant lorsque madame et mademoiselle Gérard furent parvenues à leur maison, bien qu'Annette se penchât, allât même jusqu'à se retourner, elle n'aperçut aucune voiture.

Leur arrivée surprit étonnamment M. Gérard qu'elles n'avaient point prévenu. Ce prompt retour était fait pour inquiéter ; aussi lorsque madame Gérard et sa fille entrèrent chez la voisine, le piquet sentimental que M. Gérard faisait avec elle fut brusquement laissé. Madame Gérard jeta un regard inquisiteur sur son mari et la voisine, et, toute dévote qu'elle fut, son premier mot à madame Partoubat fut : « Je trouve M. Gérard bien maigri !…

La voisine eut assez de politique pour ne pas répondre. Alors celle effusion de cœur, si naturelle entre un père qui revoit après un long voyage sa fille et sa femme, eut lieu avec un abandon qui ne laisserait à désirer pour un romancier descriptif : les embrassements, les questions multipliées, la joie, le bonheur de revoir la maison, les longs discours et l'embarras de vouloir tout dire à la fois, rien n'y manqua.

Quoique M. Gérard ne fût guère observateur, aussitôt que les premiers élans de la joie furent passé et qu'il lui fut permis d'envisager sa fille chérie, il s'écria : « Oh ! Annette, que tu es changée !... en bien ! » ajouta-t-il sur-le-champ.

— Eh que me trouvez-vous, mon père ?… demanda-t-elle.

— Ce que je trouve, Annette ? répliqua M. Gérard embarrassé d'expliquer tant d'idées, mais ton visage annonce, ce me semble, de plus hautes pensées que lorsque tu es partie. On a raison de dire que les voyages forment la jeunesse : ta figure a pris un certain caractère qui en impose ; enfin, je m'entends.

Le bon père Gérard apprit avec chagrin la conduite de Charles, et plaignit sa fille d'avoir perdu en lui un époux : il la plaignit d'autant plus que l'ex-employé voyait en Charles un magistrat, et qu'un magistrat étant un homme employé par le Gouvernement (selon les idées du bonhomme), sa fille se serait trouvée sur une belle ligne dans l'ordre social. Annette et sa mère n'instruisirent pas M. Gérard de l'enlèvement d'Annette ni de la passion qu'elle avait inspirée ; madame Gérard rangeant cette importante confidence parmi les choses qu'une femme ne dit à son mari que lorsque leurs têtes reposent sur l'oreiller conjugal.

Quelques jours après, Annette, sa mère et son père, avaient repris leur manière de vivre et leurs habitudes comme jadis ; et, sans l'absence de Charles, le souvenir du voyage et la conquête de M. de Durantal, le lecteur pourrait voir ces trois personnages tels qu'ils sont représentés dans les premiers chapitres de cette histoire. Annette brodait et étudiait son piano, allait à la messe tous les matins, et vivait paisiblement, presqu'heureuse de n'avoir pas revu Argow depuis huit jours. Quant à M. Gérard, on connaît sa vie, et madame Gérard n'avait pas plus changé la sienne, si ce n'est qu'elle pensait toujours que M. de Durantal aurait fait un beau parti pour sa fille ; du reste, elle se gardait bien d'en entretenir Annette, qui, de son côté, n'en parlait point.

En effet, les belles méditations d'Annette à l'église avaient suffi pour lui faire reprendre son empire sur les mouvements de son cœur, et se remettre dans un chemin dont elle trouvait qu'elle s'était trop écartée : ce chemin était celui d'une véritable béatitude. Nous avons expliqué comment Annette entendait l'exercice du principe religieux : ainsi, pendant son voyage, elle n'avait pu se livrer à ces extases que, nouvelle sainte Thérèse, elle allait chercher à l'église, méditations pieuses où l'âme exaltée de la jeune fille s'élançait dans le domaine pur de la pensée, et voltigeait dans les cieux. Or, je le demande ? est-il une vie plus séduisante que celle où, s'inquiétant peu de la terre et des besoins corporels, on laisse la forme végéter ici-bas, tandis que l'esprit plane sans cesse dans la belle atmosphère des visions célestes ?… Qu'est une créature devant un tel spectacle ?...

Au bout de huit jours, et le premier dimanche qu'Annette arrivait à l'église, au moment où elle prenait sa place habituelle, elle aperçut, à dix pas d'elle, un homme assis dans un confessionnal : elle reconnut aussitôt M. Maxendi. Il était là dans une attitude qui annonçait combien tout l'appareil de la religion lui était indifférent alors que la céleste créature qu'il adorait entrait dans l'église. L'aspect de cet homme produisit un effet extraordinaire sur Annette ; comme jadis, elle mêla involontairement son nom à ses prières, et, elle ne put s'empêcher de jeter, à travers son voile, des regards furtifs sur M. de Durantal.

Au sortir de l'église, M. Maxendi se présenta, salua madame Gérard et l'accompagna jusque chez elle en lui demandant la permission de venir les visiter. Mᵐᵉ Gérard l'accorda.

Le lendemain, M. Maxendi ne manqua pas à venir, il fut reçu et commença par chercher à gagner l'amitié de M. Gérard : cela ne lui fut pas difficile.

En effet, M. Gérard lui ayant raconté l'aventure qui l'avait privé de sa place aux droits réunis, M. Maxendi s'offrit à lui procurer un autre emploi qui ne l'empêcherait en rien de toucher sa pension. Au bout de trois jours, M. Gérard fut installé caissier d'une vaste entreprise qui obtenait le plus grand succès. Cette place valut à M. Gérard six mille francs d'appointements, et son exactitude, sa probité, le rendaient bien capable de l'occuper. On voit tout de suite combien M. Gérard dut être reconnaissant envers l'homme qui le rendait à ses habitudes et à la bureaucratie : aussi ce bienfait donna-t-il à Argow la facilité de venir comme il le voulut dans ce modeste appartement où résidaient sa vie et son bonheur. Il profita souvent de cette permission, mais il trouva toujours Annette froide et réservée.

Un soir, Annette était dans sa chambre, M. Maxendi causait avec madame Gérard, et, en causant, il tournait maintes et maintes fois la tête du côté de la porte en attendant l'arrivée d'Annette.

— M. de Durantal, lui dit madame Gérard, il est impossible de ne pas s'apercevoir que ma fille vous plaît ; votre alliance serait pour nous un honneur auquel nous n'aurions jamais eu la pensée de prétendre. M. Gérard et moi sommes de même opinion, et c'est comme s'il vous parlait en ce moment : ainsi sachez que, quant à nous, vous n'éprouverez de notre part aucune opposition à vos desseins, car je n'imagine pas qu'il soit entré dans votre cœur des projets que nous n'approuverions pas ; mais Annette est libre, elle est maîtresse d'elle-même, et il faut lui plaire.

— Madame, répondit Argow, à Valence, et devant tout le monde, j'ai déclaré que jamais je n'aurais d'autre femme que mademoiselle Gérard, si toutefois je parvenais à lui plaire : si je n'ai pas encore osé vous parler de ce dessein, c'est que j'attendais d'avoir réussi auprès d'elle, et je vous jure que je n'épargnerai rien pour cela.

Madame Gérard, satisfaite de cette déclaration franche, vit avec plaisir l'élévation future de sa fille.

Au bout de quelques jours, Annette, en se levant, vit Argow dans l'hôtel en face ; il était à considérer les fenêtres de la maison qu'elle occupait. Surprise de le voir dans cette maison, elle le dit à sa mère qui prit des informations, et madame Partoubat leur apprit que cet inconnu avait en effet acheté cet hôtel, l'avait meublé, et y demeurait depuis peu. Jamais homme ne déploya plus d'emportement et de chaleur dans une telle poursuite ; et cette âme, qui était tout énergie, ne pouvant rien embrasser avec faiblesse, se trouva, dès le début, plus avancée dans la carrière de l'amour, qu'une autre au dernier pas. Cette ardeur flattait tellement Annette, que dès ce jour-là elle consentit à rester dans le salon lorsque M. Maxendi y viendrait.

Dès lors commença, pour l'âme d'Argow, une ère de bonheur inconnue pour lui, et dans laquelle il trouva des charmes inconcevables et des plaisirs dont il ne s'était jamais douté.

En effet, chaque jour fut marqué pour le bonheur. Argow arrivait et trouvait dans ce salon modeste un ordre et une régularité qui allaient à l'âme : il y voyait cette bonne mère, la simplicité en personne, à la même place, et lui indiquant de la main un siège habituel, comme s'il eût déjà été son fils ; il s'y asseyait et tressaillait en voyant la place d'Annette vide. La bonne mère l'accueillait toujours avec le même sourire, et ce sourire avait un cachet de franchise qui excluait toute idée d'intérêt et de bassesse. Quand il entendait tourner la clef, tout son cœur battait ; il se levait pour saluer Annette par un regard plein d'amour. Cette vue et l'influence de l'âme de cette jeune fille étaient pour lui un bonheur inimaginable. Il la contemplait faire de la dentelle en admirant cette attitude religieuse et cette tranquillité d'âme qui brillantaient une figure gracieuse, et, lorsque de douces paroles venaient errer sur ses lèvres, il atteignait le comble du plaisir.

C'était un véritable tableau que cette mère et cette fille assises dans l'embrasure d'une croisée, et séparées l'une de l'autre par une petite table à ouvrage. Le contraste, offert par ces trois figures d'expressions si différentes et éclairées par un jour très doux, était remarquable. Argow étincelait de désirs et d'amour, la mère souriait légèrement, et Annette recueillie, mais déployant néanmoins cette affectueuse folâtrerie qui rend la jeunesse si aimable, brillait d'un éclat qui se reflétait sur tout le groupe. Souvent ce que l'on disait équivalait à rien ; mais ces riens avaient une signification pour l'âme, et une conversation sérieuse, ou décidément enjouée, aurait nui à cette grande tranquillité qui régnait. L'heure, les jours, passaient empreints d'une teinte de félicité pure qui paraissait d'autant plus charmante à Argow qu'elle lui était inconnue.

Il faut avouer que l'esprit dont l'âme d'Annette était pénétrée mettait l'amour d'Argow à une rude épreuve ; force lui fut d'aimer de l'âme, car Annette, pure et religieuse comme on la connaît, ne lui permettait rien de ce qui rend l'amour si séduisant. Elle avait implicitement tout retranché. Jamais Maxendi ne pouvait surprendre Annette lui jetant un coup-d'œil, encore moins admettait-elle cette familiarité charmante qui remplit le vide d'une passion lorsqu'elle s'exerce sans trouble. Argow n'aurait pas, pour sa vie, osé risquer une parole d'amour, tant l'innocence d'Annette agissait sur lui, et jamais le tableau d'un tigre enchaîné et adouci par l'amour n'eut une ressemblance plus forte et plus vraie.

Il fallait donc qu'Argow vainquît tout un système religieux. En effet, Annette, ne voyant rien de si beau qu'une jeune fille pure et sans tache, aurait voulu être adorée, mais sans que rien ne pût la changer à ses propres yeux, et Argow ne paraissait pas avoir assez de moyens moraux pour détruire une telle détermination : il fallait un événement !

Cependant l'habitude de voir Annette rendait Argow plus hardi : souvent il lui parlait et tremblait moins en lui adressant la parole. L'âme d'Annette, par ce contact produit par la familiarité, agissait sur l'âme d'Argow, et il prenait des manières, du parler et des sentiments d'Annette, ce qu'un homme peut prendre des habitudes d'une femme sans dégrader l'attitude mâle de l'homme. Il s'enhardissait dans l'amour, et son caractère ne pouvant se perdre tout-à-fait, un jour, qu'il se trouva seul avec elle, il osa entreprendre une explication.

— Annette, dit-il, je vous aime, et vous le savez, je vous en ai donné mille preuves ; mais n'eussiez-vous que celle que je vous offre par le changement total de mes idées et de mon caractère même, vous devriez en être convaincue. Ne me sera-t-il donc jamais permis de voir un seul de vos regards tomber sur moi ?... avez-vous décidé que votre voix ne me serait jamais une voix de confiance et d'amitié ?... me fermez-vous votre cœur ?… Ah ! si vous pouviez, sans danger pour moi, connaître ce que je fus et ce que je suis, ah ! vous seriez moins sévère !…

Annette surprise, rougit, et cette rougeur fit palpiter Argow. En ce moment, le ciel était pur, les étoiles scintillaient, la lune brillait ; et, pour toute réponse, la jeune fille, lui faisant contempler cet admirable spectacle, lui répondit après un long silence : « Celui qui a fait cela a tout mon amour : voyez les cieux, et comprenez la place que vous pourriez occuper dans mon cœur... L'amour qui, par sa nature, est exclusif de toute affection, ne sera cependant que la seconde passion de mon âme. »

— Ah ! s'écria Argow, comprenant pour la première fois de sa vie à quelle perfection les idées religieuses amenaient un être, et apercevant un trésor dans l'âme d'Annette ; ah ! chère Annette, tel sentiment que vous ayiez pour moi, il me sera toujours doux et bienfaisant : je ne demande que la permission d'aimer, d'aimer à ma manière ; et le ciel, dit-il avec énergie, ne vous enlèvera jamais rien en moi, j'aimerai de toutes les forces de mon âme, vous me serez tout au monde ! Jugez de la violence de cette passion ; mon cœur se brisait en silence, et je soufrais avant d'avoir osé vous parler. Oui, mon amour, Annette, sera du feu ; il subsistera contre toute atteinte, il est éternel : la paix, la tranquillité, le bonheur, la satisfaction, aucune de ces fleurs, qui couvrent et éteignent les jouissances humaines, ne pourra l'anéantir. Heureux de pouvoir confondre toute cette énergie brûlante, dont la nature m'a doué, dans une passion pure et honnête ! Oh ! Annette, que tardez-vous à me reconnaître pour votre appui, votre guide, comme vous serez le mien !…

L'enthousiasme et la violence qu'il mettait à prononcer ces paroles enflammées, étaient tellement entrées dans tous ses gestes, qu'il était haletant et arrivé au dernier degré de l'exaltation.

Annette, effrayée, se recula de quelques pas.

— Monsieur, dit-elle, aimez-moi, j'y consens ; mais souvenez-vous que cet amour ne devra jamais avoir d'autres témoignages que ceux qui, jusqu'ici, vous ont suffi !… Ah ! je vous en supplie, ajouta-t-elle avec le regard de l'innocence, laissez toujours entre nous un espace, je vous en aimerai bien plus : et vous, vous aurez de la joie en voyant toujours pure celle qui vous plaît. À ces derniers mots, elle baissa la voix et ses yeux se voilèrent timidement.

— Comment ! reprit Maxendi, vous direz à Dieu mille paroles pleines d'onction, de tendresse, et vous n'accorderez pas un regard à celui qui vous aime plus que tout au monde !… Oh ! Annette !…

Annette se tut, mais, en se taisant, un délicieux sourire vint errer sur ses lèvres ; Argow le vit, et ce sourire fit une telle révolution dans son être, qu'il se précipita à genoux, courba sa tête jusqu'aux pieds d'Annette, et il les força de s'appuyer sur sa chevelure, la révérant ainsi à la manière des sauvages. « Que je vous adore !… que je vous adore !… criait-il. »

— Monsieur, dit Annette honteuse et le contraignant de se relever, songez que je n'aimerai jamais que l'homme perde sa dignité devant une femme !… L'adoration ne convient qu'à Dieu !… devant lui seul il convient de s'humilier.

Cette scène changea néanmoins quelque chose aux manières d'Annette : elle devint plus affectueuse avec M. Maxendi, sans néanmoins lui donner l'espoir qu'elle changerait de sentiment, quant à sa façon de considérer l'amour. Plus Annette usait de cette force de répulsion, et plus Argow s'avançait avec rapidité dans la carrière du seul amour qui pût briller dans son cœur sauvage, et Annette, par principe religieux, se conduisait comme une coquette. Argow ne manquait pas un jour à venir, et plus il acquérait de lumière sur le caractère d'Annette, plus son amour devenait passionné : il avait fini par avoir un respect étonnant pour cette jeune fille, et par douter qu'il fût digne de posséder un tel trésor de sublimité. S'il réussissait à se faire aimer d'Annette, il était évident qu'il serait au monde le seul être existant pour elle ; mais il commençait à s'effrayer de la difficulté de l'entreprise, et, par suite de cette difficulté, il s'acharnait de plus en plus à vaincre. Cette âme avait, par conséquent, comme toutes celles qui lui ressemblent, des moments d'horrible désespoir, des désirs sans mesure et des inspirations jalouses, qui devaient porter Argow à des actions hors de tout sens et nuisibles même à Annette.

Un jour qu'elle s'occupait à broder, qu'il était à côté d'elle, lui racontant ses périlleux voyages, dont il avait soin de taire les barbaries et l'affreux métier qui les nécessitait ; au moment où il lui dépeignait le feu des deux équipages, les risques de sauter si le feu prenait au bâtiment, Annette, violemment intéressée, entendit la cloche de l'église voisine, et soudain se leva, prit son schall, son chapeau, et rompit cet entretien.

Argow la suivit la mort dans l'âme, et sa contenance à l'église indiqua avec quel mépris il traitait ces choses saintes qui avaient un tel empire sur Annette, qu'elles lui faisaient quitter son amant avec insensibilité. Argow ressentit une horrible jalousie, et, pendant les vêpres, les pensées les plus sinistres se glissèrent dans son âme ; il vint à douter d'Annette, et plus il contemplait cette céleste figure tout entière aux cieux en ce moment, plus il devenait furieux.

Au retour, il était nuit : Annette s'en alla dans son appartement avec les marques de la plus vive émotion ; car, involontairement, elle avait regardé M. Maxendi dans l'église, et son mépris pour la religion avait alors tellement percé sur sa figure qui ne savait rien cacher, qu'Annette avait été effrayée par l'idée que M. de Durantal pouvait ne pas avoir de foi en Dieu.

En se retirant, elle salua Argow, et montra un tel désordre dans ses idées, qu'il en fut frappé.

Or, on saura qu'Argow avait maintes et maintes fois essayé de pénétrer dans l'appartement de la jeune fille ; cette prétention avait été le sujet de mille plaisanteries, et Annette avait signifié qu'il n'y entrerait jamais. Aussitôt qu'Annette se fut retirée, Maxendi salua madame Gérard, et sortit ; mais, rentrant chez lui, il commanda de mettre les chevaux à sa voiture, et dès que la nuit fut assez noire pour qu'il pût espérer que l'on ne distinguerait pas les objets, il plaça en sentinelle deux de ses gens à chaque bout de la petite rue de l'Échaudé, arrêta sa voiture sous les fenêtres d'Annette, et résolut d'observer ce que faisait la jeune fille.

En effet, il avait remarqué avec quelle facilité l'on pouvait réussir dans ce dessein, et les lecteurs attentifs doivent se rappeler la description minutieuse que nous avons donnée de cette partie de la maison : alors on comprendra comment Argow, en montant sur le siège du cocher, parvint à atteindre le balcon d'Annette et à s'y cramponner.

Il ne voulait que connaître les motifs qui amenaient Annette dans ce lieu si sacré que sa mère même n'y pénétrait que rarement. Le farouche pirate n'était guère homme à deviner que c'était par un excès de pudeur que la céleste fille dérobait à tous les yeux son lieu de repos. Alors, quand Argow fut arrivé sur le balcon et qu'il tâcha de regarder à travers les carreaux, il vit que la croisée était entr'ouverte. En ce moment, les horribles soupçons qui avaient voltigé dans son imagination devenant plus tyranniques, il se tapit et osa regarder dans l'appartement pour découvrir le mystère que couvrait cette absolue retraite.

Il vit Annette à genoux et les mains jointes : elle *priait* dans une extase angélique. Elle était si belle et si brillante en ce moment qu'Argow fut transporté : la fougue de son caractère ne lui permettait jamais aucune réflexion : il franchit donc l'espace, se trouva à côté d'elle sur le prie-Dieu, et mu par le rapide changement d'idées que ce spectacle inattendu avait excité : « *J'ai besoin de prier aussi !...* » dit-il avec la voix d'un homme fortement exalté.

Annette jeta un cri et resta stupéfaite en voyant Argow agenouillé. Cette apparition pouvait rentrer dans la classe des présages qui avaient toujours accompagné cet être extraordinaire : il y avait, dans cette aventure, quelque chose de frappant.

— *Je priais pour vous !…* dit-elle, car vous n'avez jamais rien vu sur la route des cieux ; vous n'avez jamais cherché à y lire, vous n'êtes pas religieux ! enfin, je m'en suis aperçue tout à l'heure, et je demandais à Dieu qu'il vous convertît. Ah ! ne comptez pas être l'époux d'une créature que vous n'accompagneriez pas dans l'autre vie comme dans celle-ci. Vous avez mis entre nous une éternelle barrière dès aujourd'hui : l'âme d'un impie ne peut avoir aucun point de contact avec celle d'un être qui fait tout son bonheur des choses saintes, et une affreuse pensée empoisonnerait ma vie si l'homme que je prendrais pour guide m'abandonnait un jour, ou que, par ses maximes et sa conduite, il cherchât à m'égarer du chemin étroit que suit un vrai chrétien… Que vous m'avez fait mal à l'église !… Ô soyez religieux !…

— Annette, Annette !… que me demandez-vous !… s'écria Maxendi étonné du sublime reproche de la jeune fille.

— Comment !… reprit-elle, à votre exclamation on dirait que cela est impossible, et que vous n'auriez jamais fréquenté les sacrements !…

— Jamais !… répondit-il.

— Jamais !… répéta-t-elle avec douleur, quoi ! les voûtes d'une église ne vous ont donc point révélé quelque secret sublime et votre cœur n'a pas tressailli quand vous entendîtes, il y a un moment, une assemblée d'hommes s'écrier : *Ô mon père !…* sous les voûtes de ce temple bâti par l'homme mais habité par Dieu ?…

— Je n'y suis entré que pour vous y voir !…

— Avez-vous communié quelquefois ?…

— Jamais !…

— Êtes-vous chrétien ?…

— Je ne sais…

— On ne vous a donc jamais parlé de Dieu ?…

— Jamais !…

Annette se tordit les bras et les leva vers le plafond. « Grand Dieu !… s'écria-t-elle, et des larmes sortirent en abondance de ses yeux, ah ! ta bonté céleste me découvre l'abîme !… M. de Durantal, sortez ! et ne nous revoyons plus !… jamais… oh ! non, jamais !… ou devenez plus grand que vous n'êtes ; courbez votre front à terre, et, quand vous aurez adoré Dieu, vous pourrez le relever mille fois plus fier, pour recevoir l'hommage de toutes ses créatures !… sinon ne me revoyez plus jamais !… »

Argow était immobile ; elle le regarda et lui dit : « Non, jamais !… car vous auriez le pouvoir, peut-être, de me faire tout abjurer pour être votre compagne ; je vous crois un être bon, un honnête homme…

À ces mots, il se fit dans le corps du pirate, un tremblement et un frisson qu'il prit pour celui de la mort ; ces deux phrases : *Je vous crois un être bon, un honnête homme*, prononcées par cette jeune fille en larmes, lui soulevèrent le rideau qui lui cachait sa vie passée, et il se regarda avec horreur…

— Alors, continua-t-elle, je vous montre le danger que je cours, et je m'en fie à vous pour m'en garantir. Cependant je priais tout à l'heure, et vous avez senti le besoin de prier aussi… Ah ! Monsieur, si une voix secrète vous a fait précipiter sur cet oratoire, oh ! écoutez-la toujours !… suivez ses avis, et bientôt nous parlerons peut-être le même langage !… alors… oui, je l'espère… vous avez une belle âme, et… oh ! j'étouffe… sortez, sortez !…

Annette était comme égarée ; Argow était stupéfait, et il obéit par un mouvement machinal des sens. Il sortait, lorsqu'il se sentit arrêté par une main divine ; il tressaillit, se retourna, et vit Annette éplorée : elle appuya sa tête sur son épaule, ce qui lui imprima comme du feu, et, d'une voix lamentable, elle lui dit : « Convertissez-vous !… »

Il y avait, dans ce cri, tant de choses, il y apparaissait tant d'intérêt, qu'Argow sentit dans ses entrailles quelque chose qui frissonnait, et une voix intérieure de conscience qui murmurait : « Convertissez-vous !… ou ne la revoyez jamais !… »

L'idée de faire le malheur de cette créature céleste le fit penser profondément, et cet être, qui avait vu mourir tant d'hommes froidement et sans sourciller, pâlit devant une jeune fille !… il pâlit, et naguère une jeune fille mourante ne lui avait arraché[1] qu'un

1 Mélanie de Saint-André, dans le *Vicaire des Ardennes*, se traînait aux pieds d'Argow, et il riait de sa douleur.

TOME DEUXIÈME.

sourire de joie et de vengeance, un sourire satanique. Il s'arrêta, la contempla, et lui dit, en pressant sa main : « Adieu !… » Mais, à ce mot, toutes les conséquences qui en dérivaient se déroulant à son esprit, il ajouta, mu par un reste de cette férocité qu'il déployait jadis : « Adieu, toi qui en aimant as le courage de regarder l'opinion religieuse de celui que tu voudrais aimer… adieu ! car tu n'aimeras jamais !… »

Annette sentit ses jambes défaillir, elle tomba le visage contre terre, s'évanouit, et ne se releva que pour se trouver en proie à une violente fièvre.

CHAPITRE XII.

La secousse qu'Annette avait ressentie était si violente et avait porté sur tous ses sentiments à la fois d'une manière si cruelle, qu'elle fut obligée de garder le lit plusieurs jours, et le médecin déclara qu'elle était réellement malade.

Sa mère vint s'établir au chevet de son lit. Alors, sans qu'Annette le sût, M. de Durantal ne manqua pas un seul jour à venir au salon causer avec le père Gérard, et il apprit même le piquet pour faire la partie du bonhomme… Argow apprendre le piquet !... Le bonhomme Gérard était dans l'enchantement de se servir de la voiture de M. de Durantal, d'aller dîner chez lui, de le voir si assidu, et souvent il se disait avec orgueil : « C'est mon gendre !… »

Les refus d'Annette n'entraient pas dans l'esprit de son père, il la grondait quelquefois, même sérieusement, chose qui, jusques là, lui avait été impossible. Un soir, il vint auprès du lit d'Annette, et lui dit : « Ma fille, M. de Durantal est dans le salon, il n'a jamais osé venir te voir, il ne l'a pas demandé, il paraît qu'il faut que l'ordre vienne de toi : pourquoi mon Annette ne le voudrait-elle pas ?… »

À ces mots le visage pâle d'Annette devint presque rose, elle regarda sa mère ; et, par un geste rempli de terreur, elle s'écria doucement « Ne cessera-t-il de me tourmenter ! » M. Gérard tomba dans un profond étonnement, et ses deux grands yeux ronds essayèrent de peindre une pensée extraordinaire.

— Ma mère, dit Annette, quand M. Gérard fut sorti, s'il ne cesse de venir, il m'entraînera dans un affreux précipice. Je ne le hais

pas ! mais je ne l'aime pas assez encore pour quitter mon Dieu !…
Oh ! non, Dieu est immuable, et les hommes changent !… Je l'ai
déjà trop vu ! Que l'on élève une barrière entre nous !… Un impie… !… Elle retomba sur son lit, et ne parla plus après avoir répété
une seconde fois : « Un impie ! »

M. Gérard ayant apporté à Argow la réponse d'Annette, Argow
cessa d'aller chez M. Gérard, et alors le bonhomme vint tous les
jours dîner à l'hôtel de M. de Durantal qui, par ce moyen, eut des
nouvelles de la jeune fille.

Annette, au bout de quelques jours, se trouva mieux, se leva et
entra en convalescence. Dès lors on ne lui parla plus de M. de
Durantal, ainsi qu'elle l'avait voulu ; et, de son côté, elle garda sur
lui le plus profond silence, si bien que l'on eût dit qu'elle ne l'eût
jamais vu. Elle fut plus que jamais assidue à l'église, et, pour se
donner tout entière à ses méditations religieuses, elle abandonna
même l'étude de la musique, art qu'Annette commençait à trouver
trop profane.

Argow ne manqua jamais un seul jour de se trouver à l'église, et
il avait la singulière délicatesse de se placer de manière à n'être pas
aperçu d'Annette.

Mademoiselle Gérard devint de plus en plus silencieuse ; la pâleur
de son teint, loin de diminuer, parut augmenter.

Enfin, un jour, étant à table, elle dit à voix basse ; « Je souffre ! » Ses
parents accueillirent en silence cette parole empreinte de tristesse.
Le soir, sa mère fit un effort pour obtenir d'elle que M. de Durantal
fût reçu, elle s'y opposa constamment, et son système de sévérité
devint tel qu'elle refusa à son père de chanter une romance qui
parlait d'amour.

Séparée du reste du monde, elle commença à vivre ainsi, par
avance, dans le ciel.

Ce fut à cette époque qu'en France les missions commencèrent
à faire assez de bruit pour que les missionnaires fussent admis
à venir à Paris essayer sur le peuple de la capitale l'effet de leurs
discours. Une mission fut annoncée à l'église où allait Annette, et
l'on doit juger de l'intérêt qu'elle y prit quand on saura que le curé
annonça que ce serait M. de Montivers qui prêcherait. À ce nom,
Annette, ne doutant pas que ce ne fût son instituteur et son père en

Dieu, témoigna la plus vive joie.

Attendu avec impatience, le jour où M. de Montivers devait prêcher, arriva bientôt. Ce jour fut une véritable fête pour Annette, elle se para et fut une des premières arrivée à l'église, et placée.

Que par l'imagination l'on se représente le lieu de la scène : une des églises les plus simples et la moins ornée de la capitale ; mais ayant par cela même un caractère imposant, en ce qu'elle offrait moins de sujets à la distraction, et que sa pauvreté présentait un contraste avec la grandeur des idées qui s'agitaient sous cette chétive maçonnerie. Cette église ne suffisait point à la foule : une nuée de parisiens attirés, soit par la nouveauté du spectacle, soit par l'envie de trouver ridicule le saint orateur, représentait, sauf les sentiments, une de ces assemblées de l'Église primitive. Un silence étonnant régnait. Aucune pompe religieuse n'ornait l'autel, il était couvert même de toiles vertes, et un crucifix, placé devant la chaire, faisait briller à tous les yeux le sublime spectacle qu'il offre à la pensée d'un chrétien. On attendait avec impatience, tous les yeux se fixaient sur la sacristie d'où devait sortir l'orateur sacré ; le jour était faible, et les cœurs involontairement recueillis.

Tout-à-coup la porte s'ouvre, et l'on voit paraître un homme de trente-cinq ans, les yeux creux, les lèvres pâles, les joues livides ; sa démarche est grave, son costume imposant de simplicité. À peine a-t-il paru qu'il a imprimé une si haute idée de lui-même que telles paroles qu'il prononce on s'attend à des paroles extraordinaires ; cet homme est l'abbé de Montivers, abattu par les jeûnes, les prières et les obligations de son divin ministère.

Il monte en chaire, regarde l'assemblée, y plonge ses regards à plusieurs reprises, et, dédaignant les prières qui commencent ordinairement les sermons, il s'écrie :

« Mes frères, parmi vous tous, il n'y a pas deux êtres qui soient venus, avec un sentiment pareil, entendre la parole sainte : espérons qu'en sortant vous aurez réuni vos cœurs dans une seule pensée, et que j'aurai excité chez vous l'amour du ciel !... Écoutez-moi donc, non comme un homme, car à ce titre, je dois être sujet à l'erreur, mais comme un faible instrument employé par l'Éternel pour servir ses desseins, et dont il fait résonner les cordes sous sa main sacrée : Esprit céleste ! dont le moindre des rayons qui environnent le trône, a rempli l'univers de lumière, daigne donc m'assister et me révéler les secrets de la Majesté sainte ou de la bonté touchante. »

Ayant dit, il s'arrête pour reprendre avec une émotion visible :

« Mes frères, une vierge pure, marchant avec humilité dans le sentier des vertus, soumise à Dieu, craintive, bienfaisante, vivait naguères. Elle était belle, et la Providence s'était plue à prodiguer à celle qui avait les beautés de l'âme et l'amour des choses célestes, tout l'aimable cortège des gracieuses perfections du corps. Elle fut aimée d'un homme indifférent en ses opinions et sourd à la voix de Dieu. Cachant avec adresse ses sentiments irréligieux à celle qu'il adorait, il réussit à lui plaire, elle l'aima. Cheminant à pas lents dans ce chemin si fleuri que l'on parcourt au commencement de la vie, ils s'aimèrent sous les yeux de leurs parents qui virent avec joie les prémices d'une union si touchante et si belle. Ainsi l'on pensait sur la terre, et cependant dans les cieux, les anges tremblaient à l'aspect d'une âme candide et brillante du feu céleste, souillée par le contact du proscrit d'Eden.

« On vit ces deux êtres approcher des autels, et le sacerdoce reçut et confirma leurs sermons. Figurez-vous la joie du banquet, cette seule fête mondaine à laquelle l'Église sourie avec plaisir ! Admirez la contenance de cette vierge pure, et les regards mutuels de l'époux et de la fiancée, doux regards qui, malgré leurs secrètes joies, sont compris de tout le monde. Y a-t-il un visage chagrin ? Quel homme ne contemplerait avec volupté le charme qui résulte du tableau de ces deux êtres unis au printemps de leur vie ? Toutes les beautés s'y réunissent, toutes les fleurs de la vie s'épanouissent sous une brise de joie et de plaisir. *Ils semaient la terreur !...*

« Il a traîné cet ange d'amour dans l'iniquité, elle est morte dans l'impénitence finale, ses belles formes se sont souillées, elle est devenue noire ; en vain elle a étendu ses bras décharnés vers le ciel, en vain elle a fait sortir d'entre ses joues flétries une parole digne de son premier âge, celui qui disait : *Dieu n'est pas !* était là, il dardait son œil corrupteur, et ces deux squelettes sont la proie des remords, comme ils furent celle des voluptés criminelles. Ils brûlent, ils brûleront toujours !...

« Qui de vous, chrétiens, ne fut le fiancé d'une âme belle, pure, vierge et saintement candide ? Qui de vous ne l'a vue, dans son printemps, brillante d'affections pures et généreuses ? À quelle époque en êtes-vous de votre mariage avec elle ?... Frappez vos cœurs, et regardant à votre conscience, voyez jusqu'à quel point les saintes eaux d'une confession peuvent faire reprendre à votre épouse de gloire la blanche tunique qu'elle a portée jadis, et que les crimes et les passions, enfants de la chair, ont souillée. S'il était ici un coupable, personne, pas même moi, n'oserait lui jeter la première pierre. Vous avez tous, tous !... à vous reprocher d'avoir jeté des taches sur votre robe, sur la toge céleste ! *Quis non peccavit !* Ne semez donc plus la terreur !...

Arrêtez !... c'est une voix divine qui vous en conjure ! Regardez en arrière, et feuilletez votre livre de vie...

« Toi, tu as interprété les lois en ta faveur, tu as gagné un injuste procès, et ruiné une famille. Toi, tu as trahi ta patrie. Vous, vous l'avez vendue. Toi, ayant promis à ton épouse foi et honneur, tu l'as délaissée. Vous, arguant des fautes de votre mari, vous vous êtes justifiée à vos propres yeux d'une vie de licence. Toi, un soir, furtif, quand ton oncle fut mort, tu tournas les yeux vers le bois, dépositaire de ses volontés, et, saisissant un testament que le vieillard crédule, et séduit par tes semblants de franchise, t'avait lu, tu l'as trouvé trop onéreux ; tu as approché une bougie, et à l'instant il a été consumé. Avec la mémoire de l'homme juste ont péri les bienfaits qu'il devait répandre, et dont l'espoir avait adouci sa mort.

« Ce sont peccadilles !... vous n'en passez pas moins dans le monde pour sages et honnêtes ; vous allez en voiture, on vous voit à la messe, vous n'avez fait banqueroute à personne, excepté à Dieu ! et, bah ! Dieu est un créancier obligeant, il ne parle pas ! Il parlera, mes frères, il parlera, la vengeance dans la main, et la colère dans les yeux !... Il parle déjà ; car votre conscience gronde j'en suis certain !...

« Trouvez-vous ces traits trop tranchants ?... Mais, ici, quelqu'un a insinué, par des manœuvres adroites, à un vieillard, que ses neveux ne l'aimaient pas ; et, après dix ans, il a fait éclore un testament, perdant ainsi sa vie future pour quelques sous de rente pendant quelques instants d'une vie précaire. Mais ici quelqu'un a refusé sa porte à des parents pauvres ou peu nobles, sous prétexte qu'ils étaient ennuyeux. Mais l'un de vous a été solliciter les juges, a envoyé vers eux sa femme parce qu'elle était jolie ; c'est elle qui a débité les arguments qui devaient égarer la justice, on a donné des fêtes, et, à force de soins et de démarches, vous avez étouffé une affaire fâcheuse. Toi, là-bas, si par un regard tu pouvais tuer, à la nouvelle Hollande, un homme sur le point de périr, et cela sans que la terre le sût ; et, que ce *demi-crime*, dis-tu dans ton cœur, te fît obtenir une fortune brillante ; tu serais déjà dans *ton* hôtel, dans *ton* carrosse, tu dirais : *Mes chevaux, ma terre et mon crédit !* tu n'hésiterais pas à répéter : *Un homme d'honneur comme moi !* Vous, plus loin ayant une pièce fausse, vous l'avez noyée dans vingt bonnes, et vous en avez infesté le commerce. Il y a ici un millier de crimes dont on ne se doute pas !… et l'on marche toujours dans la vie sans se retourner !… On marche,… où ?… à la mort éternelle !…

« Bah ! peccadilles ! les anges ne tiennent pas registre de cela, ils n'ont pas le temps, et puis, dites-vous, Dieu est si bon !…

« Parlerais-je de ce qu'on appelle dans le monde des crimes ? interrogerais-je celui qui marche tête levée et qui a empoisonné ses parents ? car malheureusement les lois de la terre n'atteignent pas tous les coupables, et, par la finesse de certains qui sont découverts, on frémit de tout ce qui peut arriver… Dieu me garde de soupçonner qu'il y ait ici un tel coupable !…

« Mais quelques cruels que soient ces crimes, il se commet mille atrocités sociales dignes de ce nom ! Je m'arrête, mon indignation est trop forte, et je tremble !… Adorons Dieu, mes frères, recueillez-vous pour écouter la voix qui vous parle, car elle est d'accord avec cette voix intérieure qu'une main divine fait gronder dans vos cœurs.

« Croyez-vous échapper à Dieu après votre mort quand vous ne lui pouvez échapper de votre vivant ?… Sur la terre, vous êtes encore à vous ! Hé bien, voyons si vous pouvez éviter ce Dieu que vous relégueriez au loin s'il vous était possible, et dont les temples vous fatiguent au milieu des villes. Coupables, cherchez un asile !…

« En ce monde vous pouvez encore marcher, aller dans de sombres cavernes, mais dans peu, dans peu, m'entendez-vous ? vous ne verrez que la lueur de son visage, elle emplira les mondes, et rien ne pourra vous cacher. Mais essayez seulement de ne pas reconnaître cette lumière dans cette vie, tâchez de dérober à vos idées le lien qui les rattache toutes à l'idée première dont elles émanent, secouez Dieu ? Je vous en défie !… Mais essayons !…

TOME DEUXIÈME.

« Admirez un vaste effort de l'homme, une basilique immense ! elle n'est grande que parce qu'à votre insu vous concevez mieux l'immensité par un de ses fragments, l'infini par un immense fini : là, vous touchez Dieu comme un vaisseau touche dans l'océan un grand récif. Entrez dans une vaste forêt ? au crépuscule, qu'elle soit épaisse et que ses arbres forment une colonnade végétale, et tâchez de ne pas trembler, car ce sentiment est le premier principe de la prière, prenez garde ! vous vous prosternez alors devant toute la nature représentée par cette voûte de verdure, là, vous touchez encore à Dieu. Enfin, marchez ? vous avez les fragments d'un mouvement imprimé ; par qui ?… par vous... et qui ? à vous... Prenez garde à vos pas ! ils touchent à l'idée de Dieu ! Prenez donc garde à tout ! car Dieu est dans l'eau que vous buvez, et dans le pain et partout ! Aimez ? et vous aurez un peu le sentiment du Ciel !… Enfin, quoique vous fassiez, Dieu, et toujours Dieu vous accable : c'est une idée vivante, le sommaire des idées de l'homme ! et une main puissante, sans chercher des caractères, comme vous, l'a imprimée dans un livre éternel : LA NATURE ! elle s'y lit pour qui n'est pas aveugle : levez les yeux, et les cieux vous parleront plus haut que moi. Tremblez donc et frémissez si vous avez quelque chose à vous reprocher, ne fût-ce que d'avoir vendu à faux-poids et mal mesuré ! ne fût-ce que d'avoir ri du malheur d'autrui !... »

Ici l'orateur chrétien fut interrompu. Un bruit inusité se perpétuait en un coin de l'église : c'était l'endroit où se trouvait Annette. Un homme, placé dans un angle, pleurait à chaudes larmes : toute l'assemblée, émue et interdite, le regardait avec peine ; il s'efforçait de cacher son visage et ses pleurs : cet homme était Argow : les dernières paroles de M. de Montivers avaient éclairé son âme d'une lueur terrible, et le pirate, au souvenir de ses anciennes actions, n'espérait plus de pardon. Annette le reconnut : cette douleur influa sur son âme, et cette douce vierge formait par sa pitié et Argow par son désespoir un tableau trop frappant pour que ceux qui entouraient ces deux êtres n'en fussent pas surpris. Argow était dans un état moral trop violent pour s'apercevoir de l'attention générale dont il était l'objet. Madame Gérard quitta sa place, fut à lui, et lui dit : « Cachez-vous dans le confessionnal !... » Il y entra comme par instinct, et l'assemblée ne fut plus distraite.

« Or, mes frères, continua M. de Montivers avec une énergie toujours croissante, avez-vous fortement réfléchi au peu de durée de notre existence et à l'éternité de notre seconde vie ?... avez-vous jamais pensé qu'un peu de privation ici-bas, un peu de peine, vous obtiendraient une félicité éternelle ?...

———————————

Nous n'achèverons pas de donner l'éloquent discours de M. de Montivers : qu'il nous suffise de dire que de longtemps les voûtes de cette église n'avaient résonné sous l'effort d'une voix plus pure et plus agréable au ciel, qu'après ce début terrible, on entendit la parole sainte redevenir onctueuse et compatissante, et qu'à la crainte elle fit succéder l'espoir.

Cette prédication produisit le plus grand effet sur l'assemblée, mais rien n'était comparable à ce qu'elle enfanta dans l'âme du plus criminel des hommes, et à ce qu'elle fit par contre-coup sur le cœur d'Annette. Cette jeune fille n'était atteinte en rien par les menaces du prédicateur ; mais le changement subit de M. de Durantal rendit cette scène terrible pour elle. L'Être qu'elle refusait pour époux, à cause de son impiété, acquérait à ses yeux une grandeur et un éclat magiques par cette conversion subite. Une joie céleste s'éleva dans son âme en pensant que l'amour qu'il avait pour elle, était la cause première de sa présence à cette heureuse prédication. Elle se voyait la source de son salut. « Il tiendra tout de moi, se disait-elle, les fleurs dans la vie, car j'en sèmerai partout sur ses pas ; et les fleurs du ciel, car c'est moi qui, la première, aurai tressé sa couronne céleste en l'amenant ici. »

Quand le prédicateur descendit, et pendant que la foule s'écoula, il fut arrêté, au moment où il passait, par Argow, en larmes et dans un état pitoyable. « Arrêtez, par grâce, disait-il, ô mon père ! arrêtez, écoutez-moi, j'étouffe !... »

M. de Montivers entra dans le confessionnal, Argow s'y précipita, et Annette et sa mère restèrent dans l'église. Annette pria avec plus de ferveur qu'elle l'avait jamais fait. Elle priait les anges intercesseurs, et Dieu de pardonner au repentir... Jamais plus céleste voix d'âme ne parvint au ciel. Elle intercédait pour un amant, pour un époux et son âme était remplie d'autant d'amour pour Dieu que pour sa créature.

L'église retentissait de sanglots et de paroles entrecoupées : les exclamations foudroyantes et le silence subit de M. de Montivers annonçaient les choses les plus graves. Au bout de deux heures qui ne parurent qu'une minute à Annette, M. de Montivers s'élança hors du tribunal avec les marques de la plus profonde horreur en laissant M. de Durantal évanoui... « Secourez-le, » dit-il, et il disparut épouvanté.

Annette, rapide et légère, courut et releva Argow ; en le relevant avec peine, elle aperçut que ses cheveux, au sommet de la tête seulement, avaient blanchi tout-à-coup : elle tressaillit ! La jeune fille donna le bras à ce redoutable et terrible corsaire qu'une parole avait comme anéanti ; il s'appuya sur le bras d'Annette sans la voir, et comme s'il n'existait plus pour lui ni terre ni humains. Annette se garda bien, toute faible qu'elle était, de se plaindre du poids qu'elle portait : elle en était fière !…

M. de Durantal arriva en proie au plus violent tourment jusqu'à la porte de la maison d'Annette : là, il la regarda, poussa un cri en la reconnaissant, et s'enfuit avec rapidité comme s'il eût rencontré un objet terrible. Cette action plongea Annette dans le plus profond étonnement.

Elle rentra et fut pendant huit jours sans apercevoir l'ombre de M. de Durantal. Alors ce fut elle qui se mit à la fenêtre pour savoir ce qui se passait dans la maison voisine : nul mouvement, tout y semblait mort. Elle envoya son père demander des nouvelles de M. de Durantal ; on répondit que Monsieur n'était pas malade, mais qu'il était impossible de le voir.

Cette réponse causa une vive inquiétude à Annette ; elle commençait à voir l'étendue de l'attachement qu'elle avait pour cet être extraordinaire, et elle frémit en s'apercevant de l'immensité du sentiment qu'elle contenait dans son âme, et qui, à son insu, était plus immense encore qu'elle ne l'imaginait.

Le lendemain, elle l'aperçut à l'église ; elle admira comme un beau spectacle, comme le plus beau qui pût s'offrir à des yeux humains, Argow en prières : ce visage avait, pendant ces huit jours de retraite profonde, contracté une expression de douleur ; mais, en même temps, d'inspiration qu'aucune parole humaine ne saurait dépeindre. Les sublimes idées du grand peintre qui traça la figure de saint Jean, dans Patmos, se trouvaient dans les traits de M. de Durantal ; mais il y apparaissait de plus une douleur éloquente et profonde qui saisissait l'âme. Annette regardait cette prière et cette absorption comme son ouvrage, elle y applaudissait, et son âme se réunit à celle *de son époux de gloire*[1] avec une franchise, une exaltation, et par un élan impossibles à rendre. Qu'on se figure deux chérubins prosternés devant le grand autel et combattant d'amour dans leurs hymnes sacrées, et l'on aura l'idée de ces deux êtres dans l'enthousiasme de leurs prières.

Au sortir de l'église, Annette, sa mère et M. Gérard, entourèrent M. Maxendi, et lui demandèrent à le voir avec une telle obstination, qu'il y aurait eu, de la part d'un chrétien, de la dureté.

— Je vous le demande, dit Annette, par l'amour du prochain.

Il vint donc dans ce salon, et retrouva tout dans le même état. Il jeta un profond soupir en s'asseyant, et il regarda Annette avec une tristesse qui la gagna. Ce regard était celui d'un banni qui, ne devant jamais rentrer dans sa patrie, avant de quitter le dernier village, jette un coup-d'œil, l'adieu du cœur à tout ce qui fut cher !...

La jeune fille eut l'âme serrée, et, venant à côté de lui, elle lui demanda de sa douce voix : « Pourquoi ai-je été si longtemps sans vous voir ?... »

Il y avait, dans cette interrogation, toute la finesse, toute l'innocente coquetterie qu'une vierge, pure comme Annette, pouvait y mettre sans sortir des bornes de la décente tendresse ; il y avait de la bonté même. Argow n'y répondit d'abord que par un regard terrible, et il ajouta : « *Nous sommes séparés à jamais !...* »

Quel sens affreux la profondeur du jeu muet de sa figure et les sons de sa voix ajoutèrent à ses paroles ! Annette frissonna et lui dit : « Vous me faites mal !… »

Il tressaillit à son tour, la regarda, et vit briller tant d'amour sur sa figure, que son expression de douleur disparut pour un moment ; mais, se levant bientôt, il s'en alla en disant : « Je l'aime assez pour la fuir !… » et il disparut.

Ces mystérieuses paroles étonnèrent M. et madame Gérard, gens qui avaient bien si l'on veut de ce qu'on nomme du bon sens, mais qui n'en étaient pas assez pourvus pour deviner de semblables énigmes. Annette avait recueilli ces paroles, et elles germèrent dans son âme.

---

1 *Hic erit sponsus gloriæ.*

TOME DEUXIÈME.

Il était clair qu'il existait un grand obstacle, et ce qu'Annette trouvait d'aussi certain, c'est qu'il ne venait plus d'elle. Étrange contradiction de l'esprit de la femme : tant que mademoiselle Gérard avait été recherchée, et en quelque sorte poursuivie par Argow, elle s'était défendue de cet amour avec un soin qui pouvait passer pour de la répugnance, et maintenant que ce dernier semblait vouloir la fuir, l'amour dans l'âme d'Annette croissait avec une force étonnante. Annette s'en remit là-dessus, comme elle faisait pour tout, à la divine Providence de celui qui entend la voix d'un insecte et les accents des sphères célestes.

CHAPITRE XIII.

Cependant, l'éloignement que M. de Durantal manifestait pour Annette devint si frappant de jour en jour, qu'elle résolut d'en savoir la cause, et de même que naguère Argow avait sollicité une explication d'Annette ; afin qu'il y eût une parité complète, Annette voulut apprendre de M. de Durantal quel motif l'éloignait d'elle. Son amour-propre de femme lui semblait compromis, et à la fin elle s'inquiéta véritablement.

Un soir, elle sortit de l'église en même temps que Maxendi, elle marcha à ses côtés, et ressentit une vraie douleur en voyant qu'il ne faisait aucune attention à elle. Néanmoins elle continua et l'accompagna en silence jusqu'à la porte de son hôtel. Arrivée là, elle frappa, et lorsqu'on eut ouvert, elle poussa la porte, se rangeant avec respect pour laisser entrer Argow. Ce dernier s'avança sans regarder Annette, et ils arrivèrent ainsi jusqu'au milieu des appartements.

Là, M. Maxendi, se tournant vers elle, lui dit : « Jeune fille, j'ai fait tous mes efforts pour mettre un monde tout entier entre nous deux, pourquoi veux-tu le franchir ? Tremble !... car tu fais battre toujours mon cœur du plus tendre amour qui fut jamais. Cet amour est notre perte !... Va, retire-toi !... »

— Je ne me retirerai pas, dit Annette, votre repentir vous a lié à moi, et je veux savoir quel monde est entre nous !... Je n'ai pas ainsi déposé toutes les convenances, en vous suivant jusqu'ici, pour ne pas vous entendre.

— Eh tu veux donc que l'orage te brise !... Oh ! dites-moi, m'aimez-vous assez pour tout oublier pour moi, pour quitter parents, amis, patrie ? Annette se tut.

— Savez-vous, continua Argow, que notre amour ne sera pas cette passion gaie et folâtre dont je rêvais naguère les délices ? ce sera un amour profond, il est vrai, grand et sublime ; il aura ses pieds sur la terre, mais sa tête sera dans les cieux ; et nous pleurerons souvent ! Unir sa destinée à la mienne, Annette, c'est unir la plante délicate et pure qui porte le parfum le plus céleste avec celle qui ne verse que des poisons. Unie à moi, Annette, vous vous souilleriez comme l'âme dont a parlé M. de Montivers. Je ne suis plus digne de vous, et la vérité, en se montrant à moi, a emporté tout mon bonheur. Ah ! quelle est la femme qui, vertueuse et touchante, voudra s'allier à moi pour rester perpétuellement au sein de la douleur, sans connaître ni la paix, ni le repos ! Elle serait sans asile, sans foyers, repoussée partout à cause d'un époux qui porte sur le front une marque éternelle de réprobation. Comme la femme de Caïn, elle me suivrait dans les larmes et dans un perpétuel enfantement de rage et de malheur ; elle verrait toujours le ciel d'airain, la terre deviendrait aride sous ses pas, … et ceci n'est rien ?

— Non, dit Annette, en l'arrêtant, ceci n'est rien ; car ceci n'arrêterait pas Annette !...

Cette phrase, dite avec calme et résignation, fit une impression si grande sur Argow, qu'il regarda Annette, et tressaillit à l'aspect de l'amour qui éclatait sur son visage.

— Eh bien ! reprit-il, avec une énergie terrible, écoutez la suite ? et voyez si votre courage y tiendra : je ne vous ai dépeint que notre destinée terrestre ; mais songez que, tout en vous apportant en dot une couche nuptiale trempée de sueurs, vous aurez un cœur qui tremblera à chaque regard que vous jetterez sur moi. Dans la nuit vous serez effrayée d'un terrible sommeil qui sera troublé par tout ce que les remords ont de plus affreux ; je vous montrerai les ombres sanglantes que je vois et qui m'étouffent ; votre âme recevra des confidences qui rendront chaque nuit une nuit de crime, et vos mains délicates ne seront occupées qu'à tarir la sueur froide de mon front ! Voilà mes nuits !... Voulez-vous de mes jours ?...

Sans cesse je prie, sans cesse je pleure ; je n'ose regarder le ciel, la nature entière m'accuse, et la prière, les privations ne me paraissent jamais assez sévères !…

Oh ! ce n'est rien encore ! Avec cet enfer ici-bas, je vous apporte aussi l'enfer véritable : votre époux ira avec les millions de damnés pousser des cris de rage, voguera sur les feux éternels, et rien, rien ne pourra me racheter pour l'Eden céleste : voulez-vous m'aimer maintenant ?...

— Oui, dit Annette. Je ne le veux pas, reprit-elle, car ce n'est pas l'effet d'une volonté : il faut que je vive, et pour vivre, il faut que je sois à vos côtés. J'en aperçois maintenant une plus grande obligation : coupable, il faut que je vous embellisse cette vie. Eh ! que lui restera-t-il donc à celui qui a forfait, si, perdant la vie future, on ne lui rend pas moins amère cette vie terrestre ? Partout où vous serez, je trouverai cet asile paré de douceur si vous m'aimez. Non, vous ne parcourrez pas toute cette vie avec moi sans rapporter au ciel un gage de repentir : jamais la colombe n'a parcouru la mer sans trouver une branche de myrte pour décorer son nid, et nous chercherons ensemble à calmer le Tout-Puissant. Si la terre vous refuse du feuillage, parce que vous l'avez trahie ; je suis innocente, je lui en demanderai, elle m'en donnera, et je vous l'apporterai. Si l'on vous dénie un asile, je me présenterai la première, je séduirai les cœurs parce que c'est pour vous que je prierai, et je cacherai la marque de votre front sous les boucles de mes cheveux ; car je vous introduirai en vous couvrant de mon corps.

« Jamais je ne verrai le ciel injuste, la terre ne sera pas stérile, je n'aurai point de douleur, encore moins de la rage, parce que je serai à vos côtés, mon cher époux, et la paix, le repos, l'innocence viendront à vous, parce que je serai à vos côtés !... Vous ai-je dit assez que je vous aimais ? Maintenant, voulez-vous en savoir davantage ? comme je vous aime maintenant, je vous aimerai toujours. Ce n'est point à cause de votre rang : la beauté, le langage, la tendresse, rien de cela ne me séduit. Je vous aime, parce que vous êtes le seul être que la nature m'ait donné pour compagnon ; je le sens... Les sentiments que je viens d'exprimer ne me nuiront même pas, parce que, depuis que nous nous sommes vus, vous êtes devenu pur et céleste, et je parle à mon compagnon dans le ciel comme sur la terre. »

Pendant ce discours, il régnait dans l'attitude, les manières, et sur le visage d'Annette, une majesté radieuse, un air de grandeur et d'innocence qui réalisait en elle tout ce que l'on songe d'un être descendant d'un monde meilleur, pour expliquer aux hommes les ordres du Dieu vivant. Il y avait de plus cette conscience de vertu qui repousse toute interprétation basse, des paroles surhumaines qui venaient de sortir de ses lèvres enflammées.

Argow la contemplait avec une horrible fixité. Un tel dévouement lui donnait, de l'espèce humaine, une idée bien opposée à celle qu'il en avait prise lorsqu'il coulait à fond un bâtiment chargé de passagers, et qu'il riait en voyant leurs mains tendues hors de l'eau avant de s'enfoncer à toujours.

— Ah ! s'écria-t-il, je ne dois point prétendre à me voir guidé dans la vie par un ange de lumière et d'amour tel que toi ; je te profanerais par mon souffle. Tes lèvres ne sont faites que pour les baisers des anges, tes mains sont trop pures pour s'allier, en priant, avec des mains telles que les miennes !… elles ont donné la mort !…

— Ha !… Ce cri d'Annette était si perçant qu'il annonçait une révolution : en effet, elle s'évanouissait lentement comme une lampe qui meurt. L'effroyable douleur qui saisit Argow, à l'aspect de cette touchante jeune fille, pâle et presque morte, était la première qu'il ressentait comme douleur d'âme. Qu'on songe à la force d'une première douleur !…

Annette revint à elle, et les couleurs naquirent sur son teint comme l'aurore quand elle commence à poindre. Elle rouvrit les yeux, aperçut Argow, et voyant la terreur peinte sur son front, elle lui dit d'une voix renaissante : « La mort leur devait être justement donnée !… puisque c'est toi… Ah ! ma tâche ne sera que plus belle si elle est plus pénible !… Et revenant à elle, tout à fait, elle ajouta : « Nous marcherons ensemble désormais dans une voie de justice et d'humilité, je prierai et pour vous et pour moi…

— Non, s'écria Argow, c'est t'aimer que d'avoir le courage de te fuir ; car ce n'est pas tout, être cher et céleste, tout ce que je t'ai dit déjà, peu mesuré à tes forces, n'est rien : je me tairai cependant, parce que l'horreur d'un tel avenir ne doit pas être présenté à des vierges !… adieu.

— Ah ! dit-elle, en le regardant avec une profonde terreur, qu'y a-t-il de plus effrayant dans le monde que ce que vous venez de dire !…

— Annette, la malédiction des hommes est plus terrible que celle

TOME DEUXIÈME.

de la Divinité, l'on peut espérer pour l'une, et l'autre est sans pitié…

— Ne peut-on fuir les hommes ?... dit Annette.

— Eh quoi ! vous me suivriez au désert, loin, bien loin, vous…

— Celle qui s'attache à l'être dont la main a donné la mort, peut, je crois, le suivre partout. N'y seriez-vous pas au désert ? Que m'importe le reste !…

Annette, épouvantée d'en avoir tant dit, baissa les yeux ; des pleurs s'échappèrent avec violence d'entre ses paupières, et elle s'enfuit sans oser jeter un dernier regard sur M. de Durantal.

Telle affreuse que fut une pareille scène pour Annette, elle n'en resta pas moins constante dans le sentiment qu'elle avait avoué à Maxendi ; bien plus, cette immense obligation qui lui était imposée l'enhardit à l'aimer : elle vit de l'héroïsme, là où d'autres ne verraient peut-être que du malheur et un sujet d'éloignement. En peu de temps son amour grandit et devint tout ce qu'il devait être ; sublime et unique sur la terre.

Le caractère d'Annette excluait tout changement, alors qu'elle avait décidé de parcourir telle ou telle route ; et dès qu'elle eut prononcé à Argow l'assurance d'un éternel attachement, rien dans le monde ne pouvait plus la faire dévier de son chemin d'amour.

Il y avait deux jours qu'elle ne l'avait revu depuis cette épouvantable confidence. Un soir, Annette travaillait chez elle à la douce lueur d'une lampe, la porte fit un léger bruit, elle se retourna et elle le vit à ses côtés.

— Annette, dit-il, en adoucissant les sons d'une voix qui fut toujours mâle et forte, je puis bien prier sans toi, demander pardon de mes fautes à Dieu ; mais élancer mon âme dans les cieux, ah ! je sens qu'il me faut la tienne pour ce pèlerinage. Ah ! je viens, mon ange tutélaire, passer une heure auprès de toi, sentir la paix et l'innocence confondre mon âme dans la tienne, et monter dans le ciel à la faveur de ta précieuse vertu céleste.

Annette le regarda : car à ce tendre discours elle ne reconnaissait plus l'homme d'autrefois : il y avait une onction, une douceur nouvellement écloses dans ce cœur qui, la veille encore, était dur et terrible même en son amour.

— Qui ne vous aimerait pas ! dit-elle… Venez !… Elle lui montra un fauteuil près de son piano, et elle se prépara à jouer. Eh !

comment, dit-elle, en souriant comme doivent sourire les anges, et comment avez-vous fait pour entrer dans cette chambre, où nul homme ne pouvait venir !… dites… répondez !… On vous aime et voilà tout.

Ici, dans cette réponse, pour la première fois, Annette déployait cette amabilité de caractère, cette finesse qui la rendait la plus jolie des femmes. En parlant, son visage, ses gestes, brillaient d'un charme gracieux indéfinissable ; il faut se souvenir d'une femme, que par hasard l'on rencontre, dont chaque mouvement est une grâce, et se dire : « *C'était ainsi.* »

Annette joua comme devait jouer Annette ; elle pouvait n'être pas d'une grande force ; mais malheur à celui qui n'aurait pas tressailli en l'entendant ! car s'il avait un cœur, il serait de pierre. L'extase qui s'emparait d'elle, en priant, passait dans son jeu, et rien n'était indifférent sous ses doigts. La note la plus insignifiante avait un caractère de douceur et un charme indescriptible. Un poète a célébré l'accord de la musique, de l'amour et de la religion ; en chantant cet accord, il chantait d'avance, et sans la connaître, Annette, la plus jolie de cette terre !…

Quand elle eut fini, elle contempla M. de Durantal qui était comme enseveli dans une méditation, il écoutait les derniers sons comme s'ils duraient encore !… — Eh bien ! dit-elle, quand on pouvait avoir ce simple et pur plaisir d'entendre de la musique et ce qu'on aime, comment allait-on en mer courir des dangers ? Que cherchiez-vous ?… Le bonheur !… Eh ! monsieur, vous étendiez trop le bras, il est plus près de nous qu'on ne le croit. M'écoutez-vous ?…

Rendre ce regard, cette attitude, qui le pourrait ? Annette vint se mettre à côté de M. de Durantal, et, lui donnant un léger coup sur la main par laquelle il tenait sa tête, elle la dégagea pour pouvoir le contempler en face, et lui dit : « Voulez-vous bien me sourire quand je vous parle !… »

Il sourit en effet pour la première fois de sa vie avec cet abandon, cette naïveté, cette franchise qui ne se trouvent réunis que dans le premier âge, alors que l'on aime pour la première fois ; mais dans ce sourire il y avait un regret, et ce regret le rendait mille fois plus touchant.

TOME DEUXIÈME.

Cette scène charmante, au milieu d'une chambre qui semblait habitée par l'amour et tout ce que les sentiments humains ont de plus délicat, l'ordre, la sagesse, la recherche et l'amitié modeste et pure, cette scène, disons-nous, était comme le prélude des mille autres scènes d'amour et d'innocence, dont les jours d'Argow et d'Annette devaient s'embellir : c'était comme l'aurore d'une belle journée ; et, lorsqu'Annette exprima cette idée, Maxendi répliqua :

— Pourvu qu'il n'y ait pas d'orage le soir !

— Qu'importe l'orage, dit-elle, s'il y a une nuit profonde et silencieuse...

— Annette, reprit M. Maxendi, vous souvenez-vous qu'ici, un soir, vous m'avez dit : « Séparons-nous !... » Ici, donc, le soir aussi, moi, je vous dirai : « Séparons-nous !... » Oui, Annette ; car tel bonheur que votre chaste union me présente, l'idée que je suis un homme indigne du pardon céleste, s'offrira sans cesse à ma pensée ; une affreuse mélancolie sera toujours dans mon cœur, et vous ne trouverez rien en moi de ce qui doit charmer l'existence d'une fille aussi pure et aussi céleste que vous l'êtes.

— Mon cher monsieur de Durantal, est-ce que vous espérez vous faire répéter tout ce que je vous ai dit naguère ! oh ! non, je ne puis le redire ; car si j'avais su où devait m'emporter l'aspect de votre douleur, croyez qu'Annette se serait tue !... Je ferai à votre bonheur tous les sacrifices que peut faire une femme ; mais je ne ferai jamais celui de ma pudeur ; car alors je ne serais plus femme. Ayez donc de la grandeur, monsieur, ne vous inquiétez plus du destin d'Annette, soyez un beau monument de repentir, et, comme un monument, laissez croître sur vous le lierre des murailles, il est trop heureux de partager un instant l'attention des admirateurs !...

Argow, attendri par ces douces paroles, la regarda longtemps, et, sans doute, ses yeux avaient hérité de toute l'énergie de son âme ; car Annette s'écria : « Ce regard est la vie !... laissez-moi le recueillir. Oh ! celui dont l'œil a tant d'amour et de bonté n'est point un criminel !... »

— Ou s'il est criminel, dit Argow, c'est celui qui aimera le plus sur la terre !... — Et qui sera le plus aimé, répliqua Annette ; car ne m'avez-vous pas fait ouvrir mon piano,... moi qui ne voulais plus exprimer l'amour ni par la musique, ni par le chant, ni... Oh ! de tels regards font franchir bien des barrières !…

Argow quitta Annette, il était comme enivré. Après une scène pareille, il ressentait en son cœur une tranquillité, une paix que ses remords troublaient toujours trop tôt, et alors Annette devenait, pour lui, un véritable besoin.

CHAPITRE XIV.

Plusieurs jours s'écoulèrent ainsi au sein du bonheur le plus pur. Les scènes de cette vie d'amour et de joie offrent au pinceau des couleurs que bien des gens trouvent monotones, et de telles descriptions feraient reléguer cet ouvrage avec les romans de Scudéry et de l'Astrée. Alors nous nous contenterons de montrer Annette et Argow, cheminant dans le même sentier. Aux yeux des anges, la pure Annette guidait vers le ciel un être malheureux, néophyte de vertu qui, à chaque pas, regardait sa douce compagne, en se demandant, « quel droit il avait à cette heureuse alliance !… » et, chaque pas encore, il lui disait : « Suis-je bien sur la route ? » S'essayant ainsi dans la carrière des justes, appuyés l'un sur l'autre, ce devait être pour le ciel un des plus touchants spectacles.

L'union d'Annette et de M. de Durantal n'était cependant pas encore décidée ; car madame Gérard, sur les avis de M. de Montivers, s'opposa, pour un temps, à leur mariage. En effet, ce saint homme, effrayé de la confession d'Argow, mais témoin aussi de son grand repentir, voulait s'assurer de la sincérité de celui auquel Annette allait confier le soin de son bonheur. Il avait même insinué à madame Gérard que sa fille pouvait risquer beaucoup pour l'avenir.

Les craintes de la mère disparaissaient cependant devant l'amour d'Annette, et les témoignages de la tendresse de M. de Durantal ; alors madame Gérard ayant confié à M. de Montivers qu'Annette était éprise au dernier degré d'Argow, et le bon prêtre ayant répondu ; « S'ils s'aiment autant, unissez-les !… » Elle n'opposa plus de résistance au bonheur d'Annette.

Un jour Argow réussit, après bien des difficultés, à décider Annette, sa mère et M. Gérard, à venir entendre un concert spirituel : c'était aux Italiens, et pour la première fois, depuis trois ans, Annette franchissait le seuil d'une salle de spectacle. Elle eut un mouvement de stupéfaction en se voyant au milieu d'une si grande foule ; car il y avait beaucoup de monde, et Argow, ne pouvant entrer dans la même loge qu'Annette, se contenta de se promener dans le corridor.

À chaque morceau de chant, M. Maxendi accourait se placer derrière Annette, en passant la tête par l'ouverture ronde qui se trouve à chaque porte des loges. Là, il voyait une foule de personnes écouter la musique, en arrêtant leurs regards sur Annette, dont la mise simple, si bien en rapport avec le genre de sa beauté, attirait l'admiration. Cette unanimité lui causa un plaisir d'amour-propre, dont la vivacité commença à émouvoir son cœur et à le disposer à cet attendrissement qui saisit l'être tout entier.

— Êtes-vous contente, demanda-t-il à Annette ? — Non, répondit-elle. — Et pourquoi ? — Parce que cette foule s'interpose entre nous, et qu'une heure passée en silence, mais passée à côté de vous, vaut tous les concerts du monde : rien, en fait de musique, rien n'est beau que la voix de ce qu'on aime.

— Ne parlez pas ainsi, vous allez me faire mourir, répliqua Argow.

— Il ne faut donc pas vous dire que ma mère consent à notre mariage, et que bientôt !... Annette s'arrêta. M. de Durantal était pâle, et ses yeux annonçaient que la simple annonce de ce bonheur était au-dessus de ses forces.

— Annette, ma chère Annette, dit-il à voix basse, épargnez-moi, je vous supplie… Annette pleura en voyant des pleurs rouler sur le visage d'Argow.

— Auriez-vous envie de rester ici avec cette idée ? demanda-t-elle à M. de Durantal qu'elle voyait inattentif aux plus doux chants que le gosier d'une femme ait jamais modulé, car madame M*** chantait.

— Oh ! non, dit-il, partons, partons…

Ils laissèrent M. et madame Gérard seuls, et s'en retournèrent à pied dans le Marais, savourant la douceur de traverser Paris, en proie à une confusion et à un bruit, dont leur cœur offrait le plus grand contraste.

Le lendemain au matin, Argow était agenouillé dans son oratoire, et priait avec une ferveur sans exemple, quand tout-à-coup il fut interrompu par des éclats de rire immodérés. Il se retourna avec une extrême douceur, et comme alors il montra sa tête, le rieur rit encore plus fort : Argow reconnut Vernyet.

Maxendi attendit patiemment la fin de ce rire, et cette contenance de résignation, cette patience si peu en rapport avec le caractère du pirate, fut ce qui arrêta Vernyet.

— Que diable fais-tu là ?… dit-il, et comme ta figure est changée !…

— Qu'a-t-elle d'extraordinaire ?… demanda Maxendi.

— Quand on aurait mis, répondit Vernyet, un cataplasme de nénuphar et de concombre sur le crâne pendant quinze à vingt jours pour t'ôter toute physionomie, toute idée, toute force, on n'aurait pas si bien réussi que toi avec ton air tranquille… Quelle lubie as-tu?…

— Vernyet, reprit Argow, je pleure mes erreurs, nos crimes, et j'en espère le pardon.

— *Per secula seculorum, amen*, répondit le lieutenant. Par le ventre d'un canon de vingt-quatre es-tu fou ?... Oh ! mon pauvre capitaine ! je vais faire dire des prières afin que le ciel te restitue ta raison.

— Vernyet, dit Argow, je prie le ciel qu'il te fasse voir le même jour que moi, et que tu te convertisses pour sauver ton âme !…

— Ventre-bleu ! je veux que le diable m'emporte si jamais je change !… Quoi ! ce serait vrai ? le capitaine de la *Daphnis*, après s'être trompé, en coulant à fond plus de deux mille pauvres diables, croirait, que, s'il y a un paradis, on peut effacer ces petites erreurs de calcul social en disant des *oremus*, allant à l'église, et fricassant des œillades au ciel !… Mille millions de diables, si tu es sauvé, je rirai bien.

Cette idée fit encore une telle impression sur Vernyet, qu'il se mit encore à rire. Argow fut à lui, et lui prenant le bras avec douceur, il lui dit : « Vernyet, je suis ton ami, et cette considération devrait t'engager à respecter mes opinions quelles que soient les tiennes.

— Oh ! lui répondit Vernyet, reste comme cela ? tu es vraiment à peindre : feu le père Abraham n'avait pas l'air plus pathétique ! d'honneur, tu es touchant. Oh ! qu'un homme comme toi est bien mieux avec un chapelet et un scapulaire, qu'avec un bon pistolet et une hache de l'autre !… Argow, une fois que ce que j'appelle un homme a mis le pied dans un chemin, en commençant sa vie, il doit, quand le ciel tomberait par pièces sur sa tête, le continuer courageusement. Nom d'un diable ! si je puis, je mourrai entouré de soldats morts dans quelque combat, où j'aurai brûlé plus d'une cartouche, brisé plus d'un crâne et fendu plus d'un ventre ! mon âme, si tant est qu'il y en ait dans mon pauvre corps, s'exhalera au sein de la destruction et du carnage, et si le cri de victoire retentit à mon oreille, je serai joyeux comme un équipage à qui l'on crie : « Terre ! terre !... » après un voyage de deux ans. Comment, cela ne te remue pas ?... Ah ! mon pauvre capitaine, il n'y a plus d'espoir, la tête n'y est plus !... quelque chien t'aura mordu.

— Vernyet, répondit Argow avec calme, je ferai tout ce qui sera en mon pouvoir pour t'ouvrir les yeux sur ta conduite, et t'engager à suivre mon exemple ; si je n'y parviens pas, et que mes discours te soient à charge, je ferai violence à mon amitié en me taisant ; mais alors je ne t'importunerai plus ; j'espère alors que tu imiteras ce silence à mon égard : cependant plus tu me représenteras l'infamie de mon ancienne existence, et plus je t'aurai d'obligation ; car tu redoubleras en moi la force et l'énergie pour demeurer dans le chemin de la pénitence. Des âmes ordinaires s'effraieraient de t'approcher, moi, ton ancien ami, je veux l'être toujours, et la différence de nos opinions religieuses ne m'effraie point ; laisse-moi prier, et dans quelques moments nous allons nous revoir.

— Eh mais ! dis-moi au moins qui a pu te changer ainsi ?...

— Annette, le ciel et le vertueux prédicateur que j'ai entendu.

— Annette, reprit Vernyet, ah ! si cette jeune fille a eu le pouvoir d'opérer de si grands changements, mon éloignement approche, et il faudra nous dire adieu.

— Jamais, dit Argow, tu seras son ami, et l'admireras !...

— Ma pipe, mon allure, mes manières l'effraieront.

— Non, parce que tu es mon ami.

— Voilà de tes équipées !... dit Vernyet ; et, regardant l'ameublement de l'oratoire, et donnant un coup de pied au prie-dieu, il s'en alla en s'écriant : « Qui l'eût jamais dit !... » Il haussa les épaules, chargea sa pipe, et se croisant les bras, il s'alla promener dans le jardin de l'hôtel. Ce jour-là, M. Maxendi introduisit Vernyet chez madame Gérard, et, le lieutenant, à l'aspect d'Annette, devint aussi respectueux qu'il l'était jadis devant son capitaine. Malgré la tenue sévère de Vernyet, il déplut à mademoiselle Gérard qui démêla, dans les manières brusques du lieutenant, et dans sa physionomie, quelque chose de grossier et de rude. Aussi, quelques jours après, Annette demanda à M. de Durantal, ce qu'était ce nouveau personnage.

— C'est mon ami, dit-il.

— Il est bien libre dans ses manières, répondit-elle.

— C'est, répliqua Argow, un marin, et ils ont toujours quelque chose de sauvage.

— Soit, mais il n'est pas religieux.

— C'est vrai, Annette ; mais c'est mon ami.

— Il me glace le sang par sa présence, continua-t-elle, et j'ai quelque pressentiment que le bras de cet homme me sera funeste, et cependant ce sentiment m'étonne ; car je me sens, en général, de la bienveillance pour tous les êtres. J'ai du plaisir à vous regarder ; mais lui, je frissonne en l'apercevant !…

— Annette, dit Argow, je vous aime autant que l'on peut aimer au monde ; mais je crois que vous m'aimez, et en vous répétant encore, *c'est mon ami*, vous respecterez cette amitié.

— Oui, puisque c'est votre désir, répondit-elle.

Un soir, Argow et Vernyet étaient réunis dans la chambre d'Annette, et cette charmante fille s'était abandonnée à tout son amour ; chaque mot qu'elle avait prononcé avait été un mot brillant de candeur et de tendresse. Elle avait touché du piano, et les accords de sa musique avaient plongé les deux amis dans une rêverie qui se prolongeait encore longtemps après qu'Annette eut fini ; tout-à-coup Vernyet se leva, fut à elle, et, dans un enthousiasme difficile à décrire, il lui dit, en lui serrant la main :

— Vous êtes un ange ! mais en devenant l'épouse de M. de Durantal, vous ne savez pas tous les dangers que vous courez ; moi, je me charge de vous en garantir : je serai toujours un démon ; mais ce démon veillera sans cesse à votre bonheur. Je devine bien que vous devez ne pas m'aimer ; mais si je n'ai pas votre amitié, je vous forcerai à avoir de la reconnaissance, et vous serez tout étonnée un beau matin de mêler mon nom à vos prières.

Annette dégagea son bras d'entre les mains de Vernyet, avec une espèce de dépit qui enchanta Argow, et elle ne répondit rien à ce discours.

Cependant l'époque du mariage d'Annette, avec M. de Durantal, approchait, et, toute joyeuse qu'Annette pût être de cette union, l'approche de ce moment faisait naître bien des réflexions dans son cœur. Par instant elle ressentait comme une terreur sourde, que le souvenir des aveux de son époux excitait. Une nuit, elle eut encore le même rêve qui l'avait tant effrayée à Durantal ; et, le lendemain, lorsqu'Argow entra, elle l'examina avec un soin curieux, et lui trouva une figure plus sombre qu'à l'ordinaire. Tout en le regardant, elle visitait de l'œil son cou, et tâchait d'ôter de sa mémoire l'image de cette ligne rouge qui l'épouvantait si fort, et plus elle y mettait d'intention, plus cette ligne brillait à ses regards par-dessus les vêtements mêmes.

— M. de Durantal, venez donc ici, lui dit-elle, en lui montrant un tabouret sur lequel elle posait ordinairement les pieds. Argow, y vint et s'y assit de manière que sa tête se trouva comme dans les mains d'Annette. Elle s'en empara avec une espèce d'avidité, et lui dit :

— Eh mais ! vraiment vous avez une tête bien grosse ; et, passant à plusieurs reprises ses doigts dans les cheveux du pirate, elle cherchait à déranger la cravate qui lui cachait le cou.

La superstition dont elle était possédée lui faisait battre le cœur, comme si elle allait commettre une faute, et ses regards incertains et comme confus, se baissaient sur le cou, et l'abandonnaient tour à tour…

— Pourvu, dit Vernyet, à l'aspect de ce tableau, qu'il n'y ait que ta fiancée qui joue toujours comme cela avec ta tête !… Elle la remue comme si elle ne tenait pas !…

Ces mots firent pâlir Argow ; il se leva brusquement et ce mouvement permit à Annette de s'assurer qu'aucune ligne rouge n'existait sur le cou de M. de Durantal : ce dernier alla droit à Vernyet, et lui dit : « Mon ami, de grâce, pas d'idées pareilles… »

— Est-ce que tu en serais venu à craindre la mort ? lui dit le lieutenant, à voix basse.

Ici, Argow jeta un regard à Vernyet qui lui imposa silence, tant il signifiait de choses, et il ajouta :

— Je ne la crains pas pour moi !...

Cette scène brusque ne satisfit pas Annette, qui crut y entrevoir un mystère qu'on lui cachait, et malgré l'assurance que lui donna Argow, sur ses questions multipliées, qu'elle ne contenait aucune chose qui pût l'alarmer, Annette n'en conserva pas moins des soupçons qui ne se dissipèrent qu'à la longue.

Chaque jour elle était comblée des présents magnifiques d'Argow, et ces présents, par leur nature, lui disaient que le jour de son mariage approchait de plus en plus.

Ce fut à cette époque que M. Gérard reçut une lettre de Charles Servigné. Il lui mandait qu'il avait l'espoir de monter à un poste encore plus élevé que celui qu'il occupait, et qu'il saisissait cette occasion pour lui renouveler ses instances au sujet de son mariage avec Annette ; il lui apprenait que sa sœur et sa mère avaient abandonné le commerce de détail, et que, grâce à son influence, elles avaient réussi à fonder une maison de commerce qui prospérait et promettait les plus grands avantages.

M. Gérard répondit à cette lettre par l'annonce du mariage d'Annette avec M. le marquis de Durantal, et il finit en prévenant son neveu que les réjouissances de cette heureuse union se feraient au château de Durantal, et il priait Charles d'engager toute la famille Servigné à s'y trouver.

Lorsque Charles lut cette lettre en famille, un grand étonnement succéda à cette lecture : Adélaïde Bouvier sentit une rage se glisser dans son cœur en apprenant qu'Annette devenait une dame de si haut rang et si riche, puis son dépit s'exhala par cette parole : « On nous apprendra bientôt un baptême !... »

Charles dissimula toute sa haine et garda le silence. Le soir, il était invité à un bal qui devait avoir lieu à la préfecture, et il répandit cette nouvelle dans toute l'assemblée, mais en tirant grande gloire pour lui de cette alliance. Le Préfet, en l'apprenant, le complimenta avec une sincérité qui étonna Charles, surtout quand le Préfet lui dit qu'il était l'ami intime de M. de Durantal. Charles s'applaudit alors de n'avoir parlé d'Annette et de son époux que dans un sens qui leur fut favorable, et il recommanda à sa sœur et à sa mère de n'en jamais parler qu'avec la plus grande amitié et la plus grande déférence. Aussi Annette et madame Gérard furent très surprises

TOME DEUXIÈME.

en recevant de Valence une lettre pleine de tendresse et de compliments sur cette heureuse union. On regrettait même de ne pouvoir assister à la célébration de ce mariage ; mais l'on attendait avec impatience l'arrivée des époux et la fête de Durantal.

Annette, son père et sa mère, crurent aux sentiments exprimés dans cette lettre, et se réjouirent de ce que la nouvelle du mariage d'Annette n'avait pas été mal reçue par la famille Servigné.

Alors on pressa les préparatifs du mariage et du départ, et l'on fut bientôt à la veille de cette union tant désirée.

CHAPITRE XV.

Monsieur de Montivers devait, avant de partir pour une mission, marier Annette avec Argow. Cette cérémonie était indiquée pour cinq heures du matin, parce que Monsieur, madame Gérard et les nouveaux mariés, devaient partir sur-le-champ pour Durantal, où Vernyet était déjà à préparer le château et le meubler de manière à ce qu'il fût digne d'Annette.

La nuit de cette union était arrivée. Annette, simplement mise, attendait M. de Durantal. Argow vint : il était en noir, ce qui frappa mademoiselle Gérard, car elle était tout en blanc, et ces deux habillements formaient le plus grand contraste : Annette tressaillit et ajouta cet augure à tous les avertissements que le hasard lui avait donnés ; mais ce n'était rien encore.

Il y avait ce jour-là une fête particulière à l'église où ils allaient se marier ; c'était la dédicace de cette église, et cette fête fut cause du plus grand saisissement qu'Annette pût éprouver.

Elle avait surmonté toutes les craintes ; l'aspect d'Argow l'avait rendue à tout ce que l'amour a de plus tendre et de plus voluptueux, et ces sentiments avaient mille fois plus de charme pour une vierge aussi pure qu'elle que pour tout autre, car en touchant au bonheur, elle voyait la terre et les cieux lui sourire, et plus elle s'était interdit de tels sentiments d'amour, plus elle devait éprouver de charme à les savourer. Aussi en ce moment de joie elle brillait de toutes les beautés terrestres, et jamais elle n'avait eu plus de sentiments dans son cœur que quand, en descendant de voiture devant l'église, Argow lui donna sa main qu'elle sentit trembler dans la sienne.

Elle lui jeta un regard dans lequel toutes les harmonies de la terre se réunissaient : c'était la sainteté, la tendresse, l'amour, le respect, la joie, la beauté, la pudeur et la chaste confiance d'une vierge, confondus dans une seule expression : son haleine, sa respiration même, sa contenance, tout parlait et imprimait un sentiment de vénération en faveur de cette si séduisante créature. S'il y avait eu une foule, elle se serait agenouillée devant une telle fiancée.

Elle s'avança en s'appuyant sur le bras d'Argow avec une complaisance qui indiquait toutes les pensées de son âme. Pour la première fois de sa vie elle allait entrer dans une église avec deux sentiments, celui d'une religion profonde et celui du plus tendre amour. Elle entra, leva les yeux, et une si grande terreur vint l'épouvanter, qu'elle resta froide et pâle entre les bras de M. Maxendi.

En effet, qu'on juge de l'impression que devait produire sur la superstitieuse Annette le tableau qui s'offrait à ses regards, et ces paroles qu'une voix sinistre avait prononcées : *De profundis clamavi anima mea, etc.*[1].

L'église était toute tendue en noir, et devant Annette était une bière autour de laquelle brillaient les pâles flambeaux du convoi : une tête de mort, des larmes, des os croisés, tels étaient les objets qu'elle aperçut, et autour du cercueil des prêtres, des parents pleuraient en continuant un chant lamentable. Il était encore nuit : l'église, sombre, ensevelie tout entière sous ce drap, semblait plus silencieuse, et les fatales paroles avaient retenti dans le cœur d'Annette avec toute leur signification.

Qu'on se figure, devant cet appareil, une jeune mariée, brillante de beauté, qui vient échouer sur cette tombe avec sa joie et son amour. Toutes les fiancées, dans cette fatale position, ne trembleraient-elles pas ?... Mais combien mademoiselle Gérard dut-elle être plus effrayée, elle qui trouvait un présage dans les moindres choses !...

Argow l'avait entraînée entre ses bras, et portée dans la sacristie.

M. Gérard y était déjà, et se plaignait hautement de l'inconve-

---

1 L'idée de cette scène se trouvait dans le *Vicaire des Ardennes*, autant que ma mémoire me permet ce souvenir ; et, comme cet ouvrage a été supprimé et que je pense que ce n'est pas cette idée qui l'a fait saisir, j'ai cru pouvoir la reproduire sans qu'il y eût de mal : du reste, je ne fais cette observation que pour me justifier du reproche de répétition auprès des personnes qui auraient lu le *Vicaire* (*Note de l'auteur*).

nance d'une pareille cérémonie.

— Oui, monsieur, disait-il au sacristain et au vicaire, lorsque l'on a un mariage à célébrer, concurremment avec un enterrement, on fait prévenir du moins les personnes, et elles retardent, si elles le jugent convenable, le moment de leur cérémonie !…

— Monsieur, répondit le vicaire, l'urgence est une raison suffisante, on ne pouvait pas attendre une heure de plus pour l'enterrement de la personne décédée, à cause du genre de maladie, et il nous a été recommandé même de le faire au matin…

— Mais vous pouviez me prévenir.

— Monsieur, dit le vicaire, j'avais ordonné que l'on vous fît entrer par une autre porte, et c'est une erreur du sacristain.

— Au surplus le mal est fait, dit M. Gérard, en voyant Argow entrer avec sa fille. La chevelure abondante d'Annette était détachée, et répandait ses boucles sur la poitrine du pirate : elle saisissait son mari avec une force rendue naïve par l'abandon qui régnait dans sa pose ; ses lèvres étaient décolorées, et son haleine d'ambroisie s'échappait par intervalles inégaux, de manière qu'on pouvait en quelque sorte la voir.

— Annette !… mon Annette, disait Argow au désespoir, reviens à toi, reviens !… Toutes ces figures horribles ont disparu !… Ne soyez plus effrayée !… Relevez votre tête !… Non, non, qu'elle reste sur mon sein !… Voyez, c'est moi, écoutez, ce ne sont plus de lugubres accents !…

Annette rouvrit les yeux ; mais elle n'avait pas entendu, elle parla, mais comme un être en proie à une aliénation terrible : « Quel présage ! Nous mourrons !... Oui, mais nous mourrons ensemble !… Il y a de la mort dans notre union !… Quand je l'ai vu, *lui*, il était sur un tombeau ; quand je l'ai revu, j'étais sur un sépulcre, et *ce sera mon époux de gloire*. Oh ! ajouta-t-elle, mue par la volonté de rendre les images terribles qui l'avaient obsédée un temps, et qui se reproduisaient en ce moment dans son âme, voyez-vous, il a une ligne sur le cou !… cachez-la !… »

— Mon unique amour, disait Argow, écoutez-moi, rien ne nous présage des malheurs ; car en ce moment nous sommes unis comme deux amants, et ta tête est sur mon sein, tes doigts chéris se sont mariés aux miens !… Ah ! c'est le plus pur bonheur !

— C'est *lui !...* s'écria Annette, en ce moment. Alors elle releva doucement sa tête, ses yeux devinrent sereins, elle reprit peu à peu sa connaissance, et sa pure innocence la faisant agir comme par instinct, elle sourit, se dégagea par un mouvement rempli de charmes d'entre les bras de M. de Maxendi, elle tressaillit, une larme roula dans ses yeux, et elle vint se précipiter dans les bras de sa mère.

À cet instant, M. de Montivers, qui arrivait, et que l'on avait instruit de l'événement, s'approcha d'Annette, et lui dit, de sa voix grave : « Ma fille, vous n'êtes pas chrétienne en vous abandonnant à de pareilles terreurs. Dieu seul conduit les événements de la vie, et rien n'en peut détourner le cours !... »

À cette voix grave et imposante, Annette sentit le calme renaître dans son cœur, et la nuit ne servit plus qu'à jeter dans son âme toute la piété qu'exige cette cérémonie imposante, qui se trouve seule, dans la vie humaine, comme un monument auquel se rattachent tous les événements du reste de l'existence.

Certes, un des tableaux les plus poétiques que puisse présenter notre religion, après celui d'un prêtre consolant la mort, est celui qu'offrait Annette et son époux, réunis devant un simple autel, dont les cierges rougissaient faiblement la nef par leur clarté tremblante. On entendait à la porte de l'église les dernières prières des morts, et le bruit du convoi qui sortait. Un prêtre vénérable avait devant lui une jeune fille, l'amour de la nature, et un homme, au regard inquiet, un grand criminel, pardonné par la bonté céleste, et cet être semblait douter de son bonheur.

Frappé de ce spectacle, M. de Montivers, avant d'unir la vierge au criminel, leur dit d'une voix recueillie :

— Une seule âme, une seule chair, c'est ainsi que l'église vous voit. Toute individualité cesse désormais entre vous, et, dans ces paroles, mes enfants, vous trouverez un traité tout entier sur les obligations du mariage, vous n'avez qu'à les commenter et suivre tout ce que cette phrase renferme d'utiles préceptes. Désormais tout sera donc commun entre vous ; j'imagine que vous n'êtes venus recevoir cette bénédiction nuptiale, le plus grand lien de la terre, qu'après vous être assurés que la douce conformité de vos goûts ne fera pas une chaîne de ce tendre lien, ou que la disparité de vos qualités aimables ne servira qu'à rendre le mariage un état de grâce

TOME DEUXIÈME.

et de bonheur. Que cette parole, que je vais prononcer, vous soit un lien d'amour, qu'il soit de fleurs, qu'elles renaissent à chaque pas, et si le malheur vous accablait, souvenez-vous de ce discours. Une seule âme, une seule chair !... car je vous unis. CONJUNGO, etc.

Ce mot prononcé, Annette était perdue !... et son terrible destin ne devait plus tarder beaucoup à s'accomplir ! Nous pourrions nous écrier comme l'éloquent prédicateur :

« *La terreur est semée !* » mais gardons-nous bien d'anticiper sur ces funestes événements.

Toutes les cérémonies de la terre étaient terminées, Argow et Annette étaient à jamais unis, et la même voiture les entraînait vers Durantal. Jamais il ne fut au monde un plus gracieux voyage.

Désormais Annette pouvait, sans crime, déployer toute sa tendresse pour l'être qu'elle aimait, pour le seul être qu'elle dût aimer, pour celui qui fit tressaillir toutes les cordes de son cœur. Argow, chose incroyable, avait acquis une foule de sentiments que la nature dépose dans toutes les âmes énergiques, et qu'elles peuvent ne pas développer ; mais qui n'en existent pas moins : la plus précieuse de ses qualités, et celle qu'on aurait attendu le moins d'Argow, était un respect et une délicatesse rares. Loin de regarder Annette comme une créature que les lois lui donnaient comme une espèce de propriété animale, il se défit de tous ses droits, et dit à Annette :

— Ma chère et unique *adorée*, conserve, je t'en prie, la noble liberté de toi-même ! restons amants, et que jamais le devoir ne soit une autorité : suivons l'impulsion de nos cœurs.

— Oui, dit Annette, et, jetant ses bras avec grâce autour du cou de son époux, elle déposa sur son front un chaste baiser, en ajoutant :

— Je veux que ce soit moi qui vous ai fait le premier don d'amour…

Argow la regarda avec attendrissement, et, se penchant sur ses lèvres de rose, il ajouta la plus grande volupté terrestre, en confondant son âme dans l'âme d'Annette. « Ah ! s'écria-t-il, je deviens pur, je me lave de toute souillure en mêlant ainsi mon souffle au tien, j'espère mon pardon du ciel, si je continue longtemps une telle vie de bonheur ! mon amour même sera une longue prière. »

Annette, attendrie, s'écria avec une espèce de volupté : « Je savais bien que je trouverais tout dans une âme annoncée par des traits aussi brillants. » Et en achevant ces paroles, la vierge sainte caressait légèrement le cou, les cheveux, la tête entière de cet être qui, dès lors, ne devait plus respirer qu'amour, religion, et la résignation la plus sublime.

Avec quelle joie et quelle ivresse ils revirent cette route, dont chaque borne était un monument pour leurs cœurs. Que l'on voie Annette heureuse de pouvoir se livrer, sous les auspices et aux regards du ciel, à toute l'exaltation de son âme, donner carrière à sa force aimante envers la créature, la même activité, la même expansion qu'à son amour pour les cieux, ne pas craindre de rendre ces deux sentiments rivaux. Voyez-la dans ce moment ? car c'était le plus beau moment de bonheur qu'elle pût obtenir dans son apparition ici-bas. Regardez ? elle est le plus souvent, la tête appuyée gracieusement sur l'épaule de son époux, non pas *de gloire*, mais *d'amour*, elle lui sourit, et ce sourire passe à travers des dents rivales des perles de l'orient ; une haleine d'ambroisie, pure comme son âme, semble se jouer sur des lèvres amoureusement candides ; ses mains qui, jusqu'alors, n'ont tenu que la blanche dentelle, et n'ont caressé, flatté que son père ou sa mère bien-aimée, ses mains s'entrelacent avec volupté aux mains terribles qui, jadis, ont remué les canons, manié la hache, et lancé la mort. Pour un homme qui a connu l'Argow de *la Daphnis*[1], le spectacle de ces mains entrelacées est un mélange de terreur et de grâce : les yeux d'Annette sont brillants, transparents comme ceux qu'un peintre a donnés à Marie Stuart chantant avec Rizzio, et ces yeux ravissants montrent à Argow la route ; car en ce moment la voiture est à l'endroit où ce dernier manqua périr, et où mademoiselle Gérard vint lui apparaître comme un ange qui descendait des cieux : quant à M. de Durantal, il semble toujours dire à chaque instant : « Quel droit ai-je donc à tant de bonheur !… »

Ils approchaient de Valence, qu'ils ne devaient que traverser ; car il faisait nuit, le temps était à la pluie, et des nuages très noirs sillonnaient le ciel. Annette proposa à M. de Durantal de s'arrêter à Valence ; mais il lui objecta que pour deux heures de plus qu'ils auraient à rester en voyage, ils feraient mieux d'atteindre le château. C'était une chose si indifférente, qu'Annette n'insista seulement pas, et l'on continua de voyager.

---

1   C'est le nom de la frégate à bord de laquelle se passait, dans *Le Vicaire des Ardennes*, la révolte fomentée par Argow.

TOME DEUXIÈME.

Ici, une description succincte de la position du château de Durantal est nécessaire pour mille raisons : elle sera aussi abrégée que faire se pourra.

Le château de Durantal est situé sur une hauteur, autant dire même une montagne : les murs du parc se trouvent enceindre la montagne entière, et l'habitation domaniale, située à mi-côte, sépare en deux parties bien égales la largeur de cette côte, à gauche de laquelle est le village de Durantal. La grande route de Valence, à F… vient aboutir au bas du parc, précisément en face du château ; mais là, la route tourne à droite, au lieu de passer dans le village, de manière que cette montagne, au milieu de laquelle le château s'élevait, était flanquée à gauche par le bourg, et à droite, par la grande route.

Il s'ensuivait de là que les anciens propriétaires de Durantal avaient deux entrées différentes : d'abord cette avenue qui conduisait au château par la grande route à droite, laquelle avenue était pavée, et donnait sur la principale façade du château : mais par la suite on avait, à travers le parc, ouvert une autre avenue qui conduisait, d'une autre façade, au village et à l'église de Durantal. Argow, en achetant cette propriété, avait regardé ces deux avenues comme trop longues pour arriver à son château ; et, ayant ordonné de jeter des ponts sur les rivières factices du parc, on dut percer une avenue qui conduisît à travers la montagne, droit à la route. Il devait y avoir une belle grille, car comme il comptait habiter la façade qui avait pour point de vue les plaines de Valence et la grande route, ce chemin montrait à tous les passants le château de Durantal dans toute sa splendeur.

Alors on voit qu'il y avait trois chemins différents pour arriver au château d'Argow ; car Vernyet venait de faire terminer l'avenue qui y menait en droite ligne, et qui semblait être la continuation de la grande route. Ordinairement Argow désignait au postillon le chemin par lequel il voulait être conduit, et il était déjà arrivé deux fois, qu'ayant affaire dans le village il se fût fait mener par Durantal.

Le hasard voulut que le postillon, qui conduisait Argow en ce moment, fut celui qui, les deux fois, l'avait mené par le village, il devait donc naturellement suivre la route précédemment indiquée, et Argow, tout entier au charme de voyager avec Annette, ne fit aucune attention à une chose aussi ordinaire.

Mais le chemin du village n'était pas le même au printemps qu'en été, et surtout lorsque, pendant deux heures, la plus furieuse pluie qui fût tombée de mémoire d'homme, avait déployé sa rage sur la contrée : il y avait des ornières d'une étonnante profondeur, et, malgré toute sa science, le postillon douta de pouvoir arriver à Durantal.

Aux premières maisons du village, le postillon fut contraint de s'arrêter ; car il n'était pas possible d'aller plus loin. La voiture de M. de Durantal courait risque de se casser, et le postillon tâcha de gagner le pavé qui se trouvait devant une maison qui avait assez d'apparence. Là, il se dégagea de dessus son porteur, nagea dans un océan de boue, et après mille jurons, attrapa la chaîne d'une sonnette, et sonna de toutes ses forces.

— Qui va là ? demanda une vieille femme à la voix cassée.

— C'est un postillon embourbé qui voudrait…

— Un postillon ! sainte vierge ! s'écria la vieille, en interrompant le discours du claque fouet, jamais chaise de poste n'a passé par le village de Durantal ! c'est tout au plus si, en vingt ans, j'ai vu passer trois fois la voiture du seigneur… vous êtes un maraud…

— Vieille folle, ouvrez donc, c'est M. de Durantal…

Bah ! la croisée était refermée, et la vieille n'entendait plus.

— Ah ! je vais te faire ouvrir ! s'écria le postillon, et il se mit à sonner comme s'il s'agissait de l'enterrement d'un pape.

— Postillon, dit Argow, essayez plutôt de regagner la *route neuve*.

— Hé ! M. le marquis, l'eau entre dans votre voiture, il vaut mieux envoyer chercher du monde au château, et, à travers le parc, on viendra vous chercher ici quand la pluie aura cessé. Et le postillon de sonner toujours.

On entendit à l'intérieur un colloque de six ou sept voix de femme, et l'on vit de la lumière aller et venir.

Enfin l'on ouvrit, le postillon montra la voiture, et, à cet aspect, l'on voulut bien recevoir Annette et M. de Durantal ; mais aussitôt que le postillon les eut nommés, il y eut un émoi général et un empressement étonnant. La vieille fut chercher un parapluie et un vieux tapis, et les deux époux entrèrent dans cette maison à dix heures et demie du soir.

Le postillon détela les chevaux, abrita la voiture, et s'en retourna avec mille peines.

Vous, lecteur, si jusqu'ici vous m'avez vu conduire mon char à peu près comme le postillon conduisait nos héros, espérez que, désormais, nous allons rouler avec trop de rapidité, peut-être, quand vous apercevrez le but.

ISBN : 9783967870336

Lightning Source UK Ltd.
Milton Keynes UK
UKHW010955130622
404345UK00002B/340